La mirada

PUNTO

DE ENCUENTRO

Carlos Puerto

La mirada

Coordinación Editorial: Matthew Todd Borgens
Maquetación: Ana María García Alonso

Ilustración de cubierta: Juan Ramón Alonso
Diseño de cubierta: Jesús Cruz

CUARTA EDICIÓN

© 1997, Carlos Puerto
© EDITORIAL EVEREST, S. A.
Carretera León-La Coruña, km 5 - LEÓN
ISBN: 84-241-5962-4
Depósito legal: LE. 186-1999
Printed in Spain - Impreso en España

EDITORIAL EVERGRÁFICAS, S. L.
Carretera León-La Coruña, km 5
LEÓN (España)

EDITORIAL EVEREST, S. A.

Madrid • León • Barcelona • Sevilla • Granada • Valencia
Zaragoza • Las Palmas de Gran Canaria • La Coruña
Palma de Mallorca • Alicante • México • Lisboa

Para ti, ADA,
que escuchaste a mi lado
la música de este libro.

"Con las alas que he conquistado
en un ardiente destello de amor
me elevaré
hacia la luz
que ninguna mirada
ha penetrado…"

GUSTAV MAHLER
Sinfonía nº 2. *Resurrección*

Soy demasiado joven", decías mirándote al espejo, pasando la punta de tus dedos por las mejillas, las cejas, el perfil de los labios, los párpados... "Demasiado joven para..."

Nunca imaginaste que tu vida se acortara de repente. A partir de ese momento, soñaste con hacer muchas, muchas cosas antes de marcharte. Y la sola idea del poco tiempo que te quedaba comenzó a resultarte insoportable.

Tus ojos, tus bonitos ojos azul marino, últimamente se llenaban de lágrimas con demasiada facilidad. Y cada vez que te mirabas al espejo para intentar encontrar alguna huella de tu temor, tu imagen acababa empañada por la cortina borrosa de tu llanto.

Pero aquella noche, quizás la primera después de muchos meses en vela, olvidaste todo lo que no fuera tu música.

El Auditorio se encontraba completamente lleno. Hasta los acomodadores, que habitualmente paseaban charlando por el pasillo, habían instalado discretamente sillas en los laterales para poder seguir el concierto.

El milagro, Ada, se había producido. Nadie –ni tus profesores, ni tus compañeros de clase, ni siquiera tú, que, a pesar de todo, sueles ser optimista–, nadie acababa de creerse que el gran maestro cumpliera su promesa.

En su última visita a Madrid, durante una charla que mantuvo en la Residencia de Estudiantes, la misma por la que habían pasado Dalí, Lorca y Buñuel, aseguró que en la temporada siguiente dirigiría una orquesta española, con una sola condición: "Entre los músicos tiene que haber alumnos del Conservatorio".

Estas excepciones sólo podían hacerse en el caso de una obra de gran envergadura, cuando había que reforzar el número de instrumentistas profesionales.

"Elija usted mismo, maestro, la pieza", le habían dicho para tentarle. Y Carlo Maria Giulini, una de las pocas leyendas vivas que había en el mundo de la dirección de orquesta, había sonreído entornando los ojos:

"Ya la he elegido: *Segunda sinfonía* de Mahler".

Y ahora, Ada, había llegado el momento esperado. Estabas allí, entre tus compañeros, respirando profundamente mientras acariciabas –¿o tal vez mientras te aferrabas a él para no caer?– tu violonchelo color caoba.

Tu traje de terciopelo negro hacía aún más hermosa tu palidez. Tu cabello, recogido en una trenza, caía en cascada rojiza, semejante al atardecer de un paisaje africano.

Tus dedos tamborileaban sobre las cuerdas y el arco, tus pies no dejaban de moverse, pero tu mirada…, tu mirada, Ada, estaba fija en un punto.

Tú, que siempre lo has observado todo inquieta, impaciente, dentro y fuera del espejo, ahora tenías los ojos clavados en el podio al que había de ascender el maestro.

Resurrección.

¿Por qué había elegido esta sinfonía y no otra? ¿Por qué precisamente ésta?

Momentos antes habías recorrido con tu mirada la sala inmensa, llena de público. Casi enfrente de ti, el palco real, con Su Majestad doña Sofía como buena amante de la música. Pero inmediatamente tu mirada volvió a buscar en el patio de butacas la ilusión y la esperanza de los rostros queridos.

Allí estaba tu padre, serio, más nervioso que tú, seguro; tu hermana Berta, sonriente y aún más nerviosa que tu padre; tu amiga Gaudi y su hija Isabel; y también Mavi.

Pero no podías evitar fijarte en una butaca vacía, de alguien que quizás no había podido acudir, a causa de alguna enfermedad, tal vez de un accidente, pero nunca de un olvido.

Por un momento, un momento desgarrador, se te ocurrió que era una butaca reservada para él.

Ilusión y esperanza.

Mientras llegaba el momento especial, tú permanecías allí, erguida en tu silla, vagamente sonriendo por lo que iba a tener lugar dentro de unos minutos; tal vez porque, aunque sólo fuera durante una hora y media, ibas a vencer aquellos pensamientos que habían llegado a convertirse en tu tortura.

Habías decidido resistir para culminar aquel instante con toda la fuerza de tu corazón. Tu cabeza estaba a punto de permitir que la memoria te desbordara retrocediendo hasta tu pasado, un pasado próximo, pero tan lejano como la línea que separa la vida de la muerte.

¡Ada...!

En el escenario, los más de cien profesores que hoy eran tus compañeros te arropaban dispuestos a iniciar la obra de Mahler. A tus espaldas, el coro repasaba, impaciente, los textos. En total, casi trescientas personas dispuestas a obedecer a la batuta del maestro Giulini.

Todo el mundo estaba ansioso por recibir con un fervoroso aplauso la entrada del director, que, sin duda, aparecería acompañado por las dos sopranos que cantaban las arias de *Resurrección*.

Tus ojos, Ada, estaban ahora clavados en la partitura. Pero no la leías, no pretendías desentrañar los múltiples secretos del compositor. En aquellos momentos las notas que reposaban sobre el atril comenzaron a convertirse en hormigas sobre un campo de nieve.

No, Ada, ¡ahora no puedes llorar! ¡Ahora no! Ahora que se han cerrado las puertas y toda la orquesta y el coro están ya dispuestos para ponerse en pie y recibir a Giulini, ahora no...

¿Dónde estás ahora mismo? ¿Dónde estabas hace casi dos años cuando el sol apenas acababa de asomar sobre los tejados de París...?

PRIMER MOVIMIENTO:
ALLEGRO MAESTOSO

"Oh, créelo, corazón, créelo:
Nada está perdido para ti.
Lo que tú has esperado,
Lo que tú has amado.
¡Por lo que tú has luchado!"

No sólo pensabas en tu bisabuela francesa, la de Limoges, sino que las imágenes iban y venían en busca de los sentimientos.

Sí, fue casi dos años antes, cuando te habías enamorado. ¿Verdad que lo recuerdas con todo detalle?

¿Cómo no ibas a recordar aquella mañana de domingo, en verano, cuando las calles de París parecían casi desiertas? Saliste a comprar pan, una *baguette* para el desayuno (margarina, mermelada, algo de queso), pero el río te llamó.

Bajaste las escaleras que conducían a la orilla, no lejos de donde se encontraban unos *clochards* que dormitaban su sueño de pobreza y vino tinto.

Comenzaste a mordisquear el pan mientras contemplabas tu imagen en el Sena. No prestaste atención a las barcazas, a las gabarras, a los *bateaux–mouche* tan queridos por los turistas y ahora anclados en la orilla.

Pero tú no eras una turista, ¿verdad, Ada?

Entonces, ¿qué eras?

Te vinieron a la cabeza aquellos poemas de Brassens que habías escuchado en el viejo gramófono de la casa adonde habías ido a pasar una temporada en intercambio. Un chico de tu edad (¿quince, dieciséis años?) había venido a tu casa (tu hermana, por cierto, se enamoró de él en cuanto lo vio; decía que se parecía mucho a Brad Pitt, en francés, claro) y tú habías ido a casa de madame Jeanson.

Era una señora de aspecto más bien arrogante, muy tiesa al hablar, jamás descuidada en su manera de vestir o en su forma de peinarse. Parecía de otro siglo, como el mobiliario de su casa en la rue de l'Harpe, en pleno corazón del Barrio Latino, abarrotado de estudiantes durante el curso y ahora invadido por turistas en busca de ambiente.

El disco de Brassens, que escuchaste decenas de veces aquel verano, decía:

> *"Monseigneur l'astre solaire*
> *comme'je n'l'admir' pas beaucoup…"*

> "… Tengo una cita contigo.
> La luz que yo prefiero
> es la de tus ojos celosos;
> el resto me es indiferente.
> Tengo una cita contigo…"

Miraste hacia el cielo, buscando el sol que parecía esconderse tras las torres de Notre–Dame. Luego inclinaste tu cabeza hacia el agua y allí, entre los reflejos de las buhardillas, entre los resplandores del astro solar que, en efecto, maldito lo que te importaba en aquellos momentos–, lo viste.

Te giraste sorprendida. Sorprendida por su forma de sonreír, porque lo hacía como si te conociese de toda la vida. ¿Tal vez un vecino del barrio? ¿Un admirador secreto?

Le hiciste un gesto como tratando de averiguar qué era lo que deseaba. ¿Acaso había ido hasta allí para hablar contigo?

—¿Nos conocemos? —le preguntaste intrigada.

Su respuesta te confundió aún más:

—Yo a ti sí.

El muchacho retiró con la mano un mechón de pelo que le caía sobre la frente. Un gesto que habrías de ver repetido muchas veces a lo largo de los siguientes meses de tu vida.

Tu vida…

Perdona que hable de tu vida, Ada, pero aquel verano parisino estabas tan rebosante de ella que parecías el Sena en invierno, cuando sus aguas alcanzan las escalinatas de piedra y llegan a invadir las calles.

—Me llamo Andrés —te contestó en un perfecto castellano—, ¿y tú?

—¿De qué me conoces? —quisiste saber, sorprendida de aquel "encuentro español" en París.

—De la Cinemateca, el pasado sábado, ¿recuerdas?

Recordaste que el sábado anterior habías ido a ver una antigua película de Bergman titulada *Como en un espejo*.

Te había gustado, no sólo por sus fascinantes imágenes (la isla en blanco y negro, las representaciones teatrales a la luz de las velas, la llegada del gran helicóptero–araña–Dios…), sino también por su impresionante música: un sólo de violonchelo de Bach.

Cuando se encendieron las luces de la sala, aún estabas buscando un pañuelo en tu mochila. Entonces alguien te pasó un kleenex en silencio. Alguien que ahora decía llamarse Andrés.

—Me dijiste que se te había metido algo en el ojo…

—Mentí. Estaba emocionada.

—Yo también —reconoció Andrés volviendo a juguetear con su cabello—. Es una película extraña, muy distinta de las que suelen hacer hoy, pero me gusta.

Y Andrés te miró como si quisiera descubrir algo especial.

—Y tiene una música muy hermosa —dijiste tú.

—Había algo más que me gustó —añadió Andrés.

—¿La fotografía? ¿La interpretación?

—Tú.

Un momento de duda, de vacilación, de miradas correspondidas, para enseguida romper ambos a reír como dos niños que, de pronto, han descubierto el secreto de un guiñol.

Tu gesto fue inmediato: le ofreciste un poco de pan, como haría un berebere en el desierto con su leche y sus dátiles ante un recién llegado.

—¿Te apetece un café *crème*?

—Prefiero un té con limón.

A través de los amplios ventanales de la cafetería, veías la fuente de Saint Michel, ahora afeada por los botes de bebidas y otros restos de la noche anterior.

Aunque lo que verdaderamente hacías, y sin el menor pudor, era recorrer con la mirada aquel rostro que habías conocido por primera vez en la oscuridad de una sala de cine, y que ahora te hablaba sin parar de sí mismo.

No te interesaba mayormente que estuviese asistiendo a un extraño curso de verano sobre fósiles, o algo así, ni que tuviese tres hermanos, ni que, de todas las comidas francesas, prefiriese un postre: el *chocolat liégeois* (chocolate líquido helado, una bola de helado de chocolate y nata); tampoco te interesaba mucho la forma como solía imitar a un famoso presentador galo de la televisión...

Tú mirabas sus manos, delgadas, de dedos largos y uñas pequeñas. Unas manos que, desde el primer momento, quisiste rozar con las tuyas, acariciar y, sobre todo, llevar a tu mejilla para sentirte acariciada.

Te fijaste, como contraste, en sus mandíbulas marcadas, que te recordaron a las de un explorador en plena selva virgen. Y en sus ojos (aunque en aquel momento ni siquiera te diste cuenta de que eran negros, tan negros como los caparazones de los escarabajos; intensamente negros, brillantes, capaces de convertir la noche en luz), unos ojos que casi desaparecían por completo cada vez que reía; ¡y reía tan a menudo...!

—¿Qué estás pensando? —preguntaste.

—En ti —confesó él.

—¿Y se puede saber qué piensas de mí?

—Que sabes mirar.

—¿Ah, sí? ¿Y cómo es eso de saber mirar? Todo el mundo mira —dijiste sabiendo perfectamente a lo que se refería—. Tú también sabes mirar.

—Gracias —musitó Andrés ligeramente desconcertado y poniendo de pronto un gesto serio.

—Tal vez este momento sea el principio de una gran amistad.

Andrés recuperó su sonrisa:

—Eso me suena al final de *Casablanca*.

—De acuerdo, Humphrey —bromeaste.

—De acuerdo, Ingrid.

En ese instante te diste cuenta de que aún no le habías dicho tu nombre.

—¿Sabes cómo me llamo?

Y ya ibas a decirlo, cuando él te selló los labios con la punta de sus dedos.

—Te llamas…, no me lo digas…

E inmediatamente comenzó a recitar una retahíla de nombres imposibles, de nombres de protagonistas de películas.

—… ¿Escarlata O'Hara? ¿Shanghai Lilly? ¿Gelsomina? ¿Catherine Trummell?

Primero bebiste un sorbo de té. Luego te acercaste hasta su mejilla, un poco más abajo, hasta su cuello, cubierto por una incipiente barba de dos días, subiste hasta su oreja y, venciendo la tentación de mordisquearla, le susurraste:

—Ada.

—¿Ada? —preguntó ciertamente extrañado—. ¿Y de dónde sale eso?

—De Inmaculada.

—Entonces te llamaré Inma.

—Me llamarás Ada —afirmaste muy convencida, antes de que cada uno de los dos se sumergiera, buceando, en los ojos del otro.

—Ada…

Tal vez le hubiera gustado decirte que aquello no era el principio de una gran amistad, sino mucho más. Tal vez le hubiera gustado besarte delante de todos. Pero a ti lo que de verdad te agradó fue que no lo hiciera, que sencillamente te cogiera de la mano y te dijera: "Vamos…".

Y no te lo pensaste dos veces: sabías que en aquellos momentos ibas a seguirlo a donde él quisiera.

¿Pero él te seguiría allá adonde tú quisieras, Ada? Y en caso afirmativo, ¿hasta cuándo? ¿Tal vez hasta que dejase de sonar la Suite de Bach que os había unido en la película de Bergman?

Pero no era el momento de pensar en el día siguiente, sino en el instante que habías atrapado en tu corazón.

A su lado te sentías bien. La mañana de verano invadía tus pulmones y te ayudaba a respirar con ansiedad, aunque disimuladamente.

Ambos sonreíais mientras caminabais cuesta arriba en silencio, dejando que el sonido de la calle hablara por vosotros. Al llegar al cruce con el bulevar Saint Germain, una ambulancia lanzó su gemido de alarma.

Fue un momento de sobresalto, como si la ciudad quisiera avisaros de que erais seres humanos, mortales, y de que todo lo que tiene un principio indefectiblemente, por propia ley de vida, se apaga alguna vez.

¿O no?

Os mirasteis a los ojos y no necesitasteis decir nada. Tal vez los dos sabíais que la cita era en los jardines de Luxemburgo, entre niñeras de uniforme y pequeños jugando con sus barcos de vela en el estanque circular.

De repente te echaste a reír:

—¡Madame Jeanson me estará esperando para desayunar!

—Que espere… —te respondió Andrés acercándose a ti.

La *baguette* cayó al suelo. Unos pájaros se apresuraron a hacerse, entre tus pies, con algunas migas.

Aquella mañana llevabas unas sandalias de color granate, que dejaban al desnudo los dedos de tus pies. Te pusiste de puntillas. Sólo de esta forma llegabas a sus labios.

Por un instante pensaste que tal vez iba a recorrer con sus manos tu cuerpo, a acariciar tus hombros, tu espalda, tus pechos. Y aunque tu respiración parecía decir que estabas dispuesta a todo con aquel chico, en el fondo deseabas que no lo hiciera.

Simplemente te besó. Un beso suave, apenas el roce de sus labios sobre los tuyos; sólo la sensación de su aliento fundiéndose con tu aliento, sin humedad, sin arrebato… Únicamente un cálido soplo sobre tu piel más sensible.

Inmediatamente, como si ambos temieseis lo que podía suceder, como si os hubierais dicho con el pensamiento que aquél no era el momento, ni quizás tampoco el lugar, para otra cosa que no fuera la promesa del quizás, os abrazasteis bajo las acacias, los plátanos y las mimosas.

¿Recuerdas lo que pensaste cuando lo sentiste tan cerca de ti? Pensaste que sus labios sabían a café. Y te echaste a reír.

—Me encanta verte reír —dijo Andrés imitándote, al tiempo que rodeaba tu cintura con su brazo.

—Y a mí me encanta que nos riamos juntos —respondiste tú sintiendo la opresión de sus dedos sobre tu cadera, pensando que reír al lado de alguien era mucho más importante que llorar, aunque fueran lágrimas de amor.

Os despedisteis cerca de la Sorbona, sin promesas, sin compromisos. Sin preguntaros siquiera cómo era posible que un primer encuentro pudiera estar cargado de tantas posibilidades.

Pero, al separaros, ambos llevabais en vuestra agenda (¿o lo habíais anotado en algún trozo del papel que envolvía la *baguette*?) el número de vuestros respectivos teléfonos.

No os dijisteis adiós, ni hasta luego, ni que ya os volveríais a ver. Sencillamente os entregasteis de nuevo vuestras miradas, a la vez que tu mano se fundía con su mano y tus dedos se entrelazaban con sus dedos.

Curiosamente, cuando regresaste a tu apartamento de la rue de l'Harpe, madame Jeanson no estaba de mal humor.

Había desayunado unos *croissants* del día anterior, que había calentado en el horno, y ahora ensayaba al piano una conocida sonata de Beethoven; un piano que pertenecía, según contaba a quien quisiera escucharla, a uno de sus antepasados de la época de Napoleón.

Tú no dijiste nada. Sencillamente la besaste en la mejilla, cogiste tu chelo y la acompañaste. En la sonata original el instrumento que debía acompañar al piano era un violín, pero en ese momento te daba igual.

Pensaste que Beethoven no se iba a molestar porque tocaras *La Primavera* con tu violonchelo, menos aún aquella mañana radiante en la que el verano acababa de dejar paso a su música eterna.

* * *

Al espejo de la casa de la rue de l'Harpe le faltaba un poco de azogue por la parte central. Para pintarte los ojos, incluso peinarte, tenías que hacer mil filigranas de un lado para otro.

Por eso, aquella mañana, muy temprano, hacia las siete o siete y cuarto, fuiste al salón. Allí, sobre el piano, junto a un tapiz en el que se veía a un unicornio en un campo de violetas, había un magnífico espejo cuyo solo marco ya impresionaba.

Frente a él, te cepillaste el cabello antes de recogértelo en una trenza, como a ti te gustaba, como siempre te ha gustado llevarlo.

Después dudaste si pintarte mucho o poco, solamente los ojos o también los labios, si sería necesario colorete o bastaría simplemente con un maquillaje de fondo. O tal vez nada.

—Nunca te he visto tan indecisa —dijo madame Jeanson, que, por lo visto, llevaba ya varios minutos a tus espaldas, contemplándote.

—Es que nunca he tenido una cita como ésta —respondiste a la vez que tu corazón se encogía, ¿o acaso se ensanchaba?, en tu pecho impidiéndote respirar.

—¿A estas horas? ¡Vaya, vaya...! —dijo la dama dándole un último retoque a tu trenza—. Nuestra señorita se ha enamorado. ¿Es eso?

Te encogiste de hombros y esbozaste una tímida sonrisa. Todavía no sabías si aquello era amor.

Andrés te gustaba; desde el primer momento habías sentido que era muy agradable estar a su lado, acogida por él.

Pero antes también habías conocido a otros chicos que, al principio, te hacían palpitar, y que luego, con su despedida, sólo habían dejado en tu corazón un pequeño rasguño bastante incómodo.

¿Sería igual con Andrés?

¿Sería igual cuando tú besases a Andrés?

Porque, desde aquella mañana de domingo en los jardines de Luxemburgo, sólo habías soñado –despierta y dormida– con una cosa: besarle tú a él. Coger su nuca con tu mano, aproximar su boca a la tuya y sumergirte en él.

Tu tímida sonrisa se transformó en una carcajada nerviosa. ¿Qué pensaría la pulcra madame Jeanson si supiera lo que estabas pensando?

"Soy demasiado joven, demasiado joven..."

Una de aquellas noches tuviste un extraño sueño. Te veías a ti misma en la cama, en aquella cama parisina. Los detalles de la habitación se te representaban con minuciosidad, como si estuvieras allí precisamente para hacer un recuento de todos y cada uno de ellos.

La ventana tenía uno de los cristales de distinto color que los demás, como si el vidriero se hubiera equivocado al sustituir el original.

La reproducción de un cuadro de Renoir con dos niñas tocando el piano, frente a la fotografía de la avenue Parmentier, allá por 1914, con un par de viandantes y un sólo automóvil a gasógeno.

La fotografía, clavada con una chincheta en un corcho, de Jacqueline du Pré, tu violonchelista favorita.

Tu escritorio, con las cartas que aún no habías echado al correo: una para tu padre y otra para ti misma, pues te gustaba coleccionar sellos matados (era como una especie de diario, muy peculiar, que luego, de regreso a Madrid, te serviría como recordatorio de todos aquellos días de un verano muy especial).

Y el papel de las paredes, con sus finos dibujos a plumilla representando juncos silvestres, entrelazados con nubes tan sutiles que casi parecían inexistentes.

Tú, Ada, estabas en la cama, con los ojos abiertos, con la mirada fija en el techo. No sabías cómo habían podido producirse aquellas goteras, pero lo cierto era que la pintura desconchada parecía estar a punto de derramarse sobre tu colcha.

¿Tal vez alguien, del piso de arriba, se había dejado abierto un grifo?

Pero no, no eran goteras de agua, sino de leche. Y las gotas de leche comenzaron a caer a cámara lenta. Tardaban mucho, muchísimo en llegar al suelo, donde varios recipientes de cobre parecían estar esperándolas.

Sentiste ganas de incorporarte, pero era imposible. Estabas dormida, soñando. Tumbada, inmóvil.

De repente supiste que todas las gotas de leche que cayeran dentro de los recipientes de cobre serían deseos que se te iban a cumplir.

Intentaste, en tu inmovilidad, formular los deseos más importantes, los más imperiosos, los prioritarios.

Pero antes de que una sola de las gotas llegase al suelo, antes incluso de que uno solo de los deseos llegase a tu pensamiento, se te ocurrió una pregunta: "¿Y si ni una sola gota cae dentro?".

¿Qué pasaría entonces? ¿Qué sucedería con la leche, con aquel manantial de vida? ¿Qué ocurriría con los recipientes, ya para siempre vacíos a partir de entonces?

Te despertaste con mucho frío en el cuerpo. A pesar de que hacía calor, de que tenías la frente, los brazos, los muslos empapados en sudor, sentiste un estremecimiento de frío.

Te hubiera gustado desenfundar tu violonchelo y tocar aquella música de Bach que habías oído en la película de Bergman.

Como en un espejo.

Pero, ¿cómo ibas a hacerlo en aquellos momentos, en medio de la noche?

Entonces, sigilosamente, te desplazaste hasta el teléfono. Marcaste un número.

Después de varios minutos de escuchar cómo sonaba el timbre al otro lado del hilo, cuando ya ibas a colgar comprendiendo tal vez lo inoportuno de la hora, alguien descolgó.

Su voz acababa de salir del sueño:

—¿*Allô*…?

—Andrés…, soy yo.

—¿Ada?

Un silencio. Te gustaba que te llamase por tu nombre. Te emocionó escuchar su voz. Colgaste aliviada de saber que estaba allí, al otro lado, contigo.

No quisiste pensar en el poco tiempo que te quedaba de estancia en París. Porque sabías que ese tiempo, todo, se lo ibas a dedicar a él. Y que pronto, muy pronto, le ibas a besar como siempre habías soñado que se debía besar a un hombre.

* * *

Las citas, en las películas, suelen tener lugar al atardecer. De esta forma los enamorados pueden pasear por la orilla del río mientras el sol va enrojeciendo y las nubes marcan en el cielo extrañas pinceladas impresionistas.

Pero la cita, tu cita, Ada, vuestra cita, tuvo lugar muy de mañana. ¿Tal vez queríais recordar cómo fue la primera vez? ¿O es que acaso deseabais tener todo el día por delante? Posiblemente ambas cosas a la vez, aunque ni siquiera te detuviste a pensarlo.

Andrés vino a buscarte. Al bajar las escaleras, lo primero que viste fueron sus pies, nunca con zapatos, siempre con deportivos, unos deportivos de media caña.

Luego, sus pantalones de algodón, arrugados, informales, metidos por dentro de las zapatillas. Y sus manos, tan deseadas.

Tal vez fue aquella mañana cuando más hermoso lo viste. Si tu hermana Berta decía que el chico del intercambio se parecía a Brad Pitt, ¿tú que dirías de Andrés?

Que se parecía a ese deseo que, en el sueño, había quedado suspendido en el aire, sin llegar a consumarse.

La mañana se desperezaba sin dejar de envolveros, sin dejar de acariciaros, mientras caminabais sin prisas hacia no se sabía dónde.

Aunque tú, Ada, sí que lo sabías. Y sólo esperabas que llegase el momento de llevar tu mano a su nuca, de perderte con tu mirada en la suya y de decirle, con el roce de tus labios, todo lo importante que él comenzaba a ser para ti.

—Sube —dijo Andrés indicándote una curiosa moto, más vieja que la tos y en la que se apreciaban ya varias manos de pintura.

—¿Estaremos seguros en ese trasto? —preguntaste con una sonrisa.

—No corre mucho —te respondió Andrés mientras la ponía en marcha—, así que el golpe no será muy gordo…

La ventaja de ir en aquella moto era que podías abrazarlo, cogerlo por la cintura, apoyar tu cabeza en su espalda como la cosa más natural del mundo.

Con el aire, la falda jugueteaba sobre tus piernas, cubriéndolas, desnudándolas, mostrando tu piel no demasiado morena para estar en verano.

Y es que tu piel, Ada, siempre ha sido más bien pálida. ¿Recuerdas cómo te llamaba tu padre cuando eras pequeña?: "Mi guardián de porcelana".

El guardián era alguien cuya historia nunca acabó de contarte tu padre. Siempre la interrumpía en el momento más inoportuno, dejando la continuación para cuando las cosas iban mal o estaban confusas.

Se trataba de un guardián, pálido y con el pelo de color zanahoria como tú, que llevaba un montón de tiempo preguntándose por qué no venía nadie a relevarlo. Desde que tenía memoria, estaba allí, a la puerta del castillo.

Tardó otra infinidad en darse cuenta de que el castillo no era como los demás castillos: estaba silencioso, nadie entraba ni salía por su puerta, nadie se asomaba a sus ventanas, nadie clamaba desde sus almenas.

Hasta que un día en que se atrevió a acercarse más de lo habitual a la muralla, lo descubrió: se trataba de un castillo de arena.

Aquello, en lugar de calmarle le intranquilizó aún más: ¿por qué estoy aquí? ¿Para qué?

Pero aquella mañana tú deseabas olvidar tu pasado, a tu familia, la porcelana e, incluso, el violonchelo, para dejarte arrastrar por Andrés hacia lo más profundo de sus aguas.

—¿Adónde vamos? —preguntaste.

Aunque en el fondo la respuesta te daba igual. Mientras fuera con él, ¿qué importaba adónde pudierais ir?

Bois de Boulogne.

El Bosque de Bolonia era el gran jardín de París. Objeto de mil historias, desde las más inocentes a las más libertinas, sus paseos y sus parterres constituían un laberinto en el que se podía pasar por el antiguo zoológico e incluso aceptar las invitaciones más sugerentes de las "damas" del bosque.

La moto la dejasteis apoyada en un árbol en el que aparecía grabado, a punta de navaja, un corazón sin iniciales.

Tu memoria conserva una película fiel de aquel momento: el corazón, el césped seco por el estío, incluso el color de la moto (granate, con una flecha violeta), que hasta entonces te había pasado desapercibido.

Andrés se dejó caer sobre la hierba con los brazos abiertos. Tú lo miraste, dudando, sin saber cómo corresponder a lo que parecía una invitación.

Andrés cerró los ojos y aspiró profundamente.

Te sentaste a su lado sin hacer ruido. Sólo deseabas que no abriera muy pronto sus ojos, porque así podías contemplarlo tranquilamente, recorriendo su cabello, sus hombros, el nacimiento de su pecho…

Y luego sus brazos, sus manos, sus dedos.

—¿Sabes una cosa? —preguntó él de repente sin hacer el menor gesto—. Nada más llegar a París, supe que iba a encontrarte.

—¿Eres adivino? —bromeaste jugueteando con la trenza de tu cabello.

—No es necesario… Las huellas me han conducido hasta ti.

—¿Qué huellas?

—El sonido de tu voz, tu olor… —sonrió Andrés dando un par de vueltas sobre la hierba.

Luego, ya más serio, te dijo que deseaba ser un importante paleontólogo, y que las huellas a las que se refería no eran las mismas que, por ejemplo, hubiera seguido un detective.

Un paleontólogo trata de recrear la historia de la vida pasada a partir de los fósiles. Desde los peces de los mares, hoy convertidos en desiertos, a los dinosaurios, pasando por los esqueletos humanos del Himalaya o del Monte Kenia.

—O sea, que me estás llamando fósil… ¡Muy bonito, hombre! —replicaste haciéndote la ofendida.

—Los paleontólogos somos como los cazadores: buscamos las huellas, las seguimos, descubrimos lo que esconden, las desenterramos... Pero, a diferencia de los demás cazadores, nosotros, en lugar de matar, lo que hacemos es resucitar animales o personas.

Y a continuación Andrés se puso a buscar afanosamente algo en el césped, pequeñas hebras verdes, tréboles de cuatro hojas quizás.

Tú lo miraste un tanto extrañada. Parecía como si hubiera entrado en trance, un trance profesional, pues hablaba consigo mismo murmurando frases que no concluía:

—Todos los orígenes del ser humano están... Una piedra nos conduce a un ave; un ave a... Sin ellos nosotros no habríamos...

Y, de repente, el estremecimiento.

Andrés había llegado hasta uno de tus pies; lo había tomado con sumo cuidado, como si fuera una pieza única, un descubrimiento de varios millones de años.

Y lo besó.

Primero en el empeine, en los tobillos. Luego, muy lentamente, como queriendo deleitarse en cada gesto, te desató la sandalia. Y enseguida te lo desnudó.

No sabías por qué sentías tanta vergüenza. Un pie desnudo es algo normal en verano. Pero aquel era tu pie y estaba entre sus manos.

Ahora fuiste tú quien cerraste los ojos. Notabas cómo toda la piel se te erizaba. Cómo se aceleraban tus palpitaciones, cómo el corazón se te quería salir del pecho y anhelaba ser acariciado por sus manos.

Pero no eran sus manos, ni tu corazón ni tu pecho. Eran sus labios en tu pie, sus labios recorriendo cada pliegue, besando las puntas de los dedos... Era el roce de su mejilla en la planta de tus pies.

Una ardilla correteó de un banco a otro. Un grajo lanzó su graznido desde un árbol no muy lejano: una especie de chasquido de la naturaleza, en un momento como aquél que debería haber sido resaltado por música de violines.

Pero a ti te ayudó a incorporarte. Tu respiración aún era agitada y sabías que, de haber continuado allí, así, el cielo parisino de agosto habría sido testigo de algo que, al menos de momento, no debía suceder.

Con gesto decidido cubriste la desnudez de tu pie con la sandalia.

Andrés no dijo nada; simplemente te miró y su mirada venía a significar la espera de una decisión por tu parte, tal vez de una aclaración.

—Vamos —le dijiste cogiéndole de la mano.

Cuando os alejasteis del Bosque de Bolonia, siempre abrazada a él, siempre con tu cabeza inclinada sobre su hombro, supiste que lo querías mucho más.

Andrés no había protestado, no había buscado ninguna excusa para seguir sobre la hierba. Se limitó a hacer una broma sobre los períodos jurásico y cretácico, mientras se retiraba una vez más el mechón de su frente. Luego se dejó conducir hasta donde tú le indicaste.

La plaza del león de bronce. Denfert–Rochereau.

¿Por qué allí? ¿Por qué precisamente allí, Ada?

Tal vez pensaste que, ya que le gustaban los fósiles, aquél sería el lugar más apropiado de todo París.

¿O acaso se debía a que en aquella plaza, según contaban las crónicas, se había iniciado el revolucionario Mayo del 68?

¡Mayo del 68…! La primera revolución del siglo XX en la que los estudiantes se cogieron de la mano de los obreros, donde unos y otros, arrancando adoquines de la calzada, levantaron barricadas contra la policía.

Donde el desconcierto se dio la mano con el abrazo, y el beso profundo con la esperanza.

Podías ofrecerte cualquier otra explicación, como que la sola posibilidad de que existiera un lugar así pudiera estremecerte, y que tal vez la mejor forma de borrar un estremecimiento fuese con otro. ¿Acaso para apartar de tu cabeza, de todo tu cuerpo dispuesto a la seducción, cualquier posibilidad sin retorno?

"Soy demasiado joven para..."

No, Ada, no eras demasiado joven para el amor. Lo serías —cualquiera lo es— para lo que vendría después.

Para lo que, paso a paso, deshojando la margarita, llegaría en el momento más inesperado.

La puerta de las catacumbas de París estaba abierta. Había que descender varios metros por una escalera de caracol para adentrarse en el mundo subterráneo de los túneles y de los pasajes de ultratumba.

"¡Alto!", rezaba un cartel medio en broma, medio en serio. "Aquí empieza la muerte."

Tú, Ada, jamás habías temido a la muerte. Te dolía ver morir a otros en los reportajes de la televisión, en las crónicas de guerra. Pero jamás pensaste en la muerte, en tu muerte, como algo terrible.

En todo caso, tenías cierto temor al sufrimiento, a un posible dolor causado por cualquier enfermedad. Pero ese concepto estaba muy lejos de tu pensamiento en aquellos momentos.

En aquellos precisos momentos, tu optimismo no dejaba resquicio alguno para lamentar haber nacido, porque, algún día, habrías de morir. Era algo tan natural que resultaba imposible de detener. Ni los más poderosos de los poderosos habían impedido que llegase el momento que configura la historia del mundo.

Aunque no cabía duda de que aquellos cráneos formando paredes enteras de los pasadizos, aquella cantidad ingente de huesos amontonados producía un cierto desasosiego.

—Mira —dijo Andrés señalando a una calavera que, desde el más allá, parecía sonreír al mundo—, este amigo o amiga es mucho más joven que los fósiles que yo estudio. ¿Cuántos años puede tener? ¿Cien? ¿Doscientos?

Tú sabías que las catacumbas de París fueron creadas en 1785 para aliviar el hacinamiento de los cementerios. Durante más de quince meses, por la noche, se fueron llevando a las entrañas de la ciudad hasta seis millones de esqueletos, como medida higiénica alternativa a los camposantos.

—¡Ya lo sé! —exclamaste mientras avanzabas cogida de su mano hacia la llamada "Fuente de la Samaritana".

—¿Qué es lo que sabes? —preguntó Andrés deteniéndose.

Habíais entrado en las catacumbas con un grupo y os habían advertido, muy claramente, que no debíais apartaros de los demás. Pero, al deteneros, no os disteis cuenta de que las linternas se alejaban hacia la zona conocida como "La lámpara sepulcral".

—¿Qué es lo que sabes? —insistió Andrés.

—Por qué hemos venido aquí. En realidad se trata de una cita aplazada. Desde que llegué a París, había querido venir aquí, pero hasta ahora…

—Es un lugar un poco tenebroso, ¿no te parece?

Te lo parecía y no te lo parecía: lo era porque estaba en las tinieblas, pero no lo era porque los únicos que pueden hacer daño son los vivos.

—¿Sabías que aquí abajo se han llegado a celebrar fiestas…?

—¿Fiestas? —te interrumpió Andrés sorprendido—. ¿Quién puede organizar una fiesta en un lugar como éste?

—Pues, al parecer, un tal conde d'Artois; pero eso fue antes de la Revolución Francesa.

—¡Ah, menos mal! ¿Te imaginas a *Gun & Roses* amenizando el festejo?

Estuviste a punto de explicárselo todo en aquel momento, de concluir al menos la frase que él te había interrumpido. Si, inconscientemente, le habías hecho dirigir su moto jurásica hasta aquel lugar, era porque, en una historia de la música, habías leído que el 2 de abril de 1897, allí mismo, entre aquellos huesos de otro tiempo, se había ofrecido el denominado "Concierto de los catáfilos".

Un concierto de música clásica cuyo programa podría estar compuesto, sin necesidad de echarle demasiada imaginación, por la *Marcha Fúnebre* y la *Danza Macabra* (aunque alguna de estas obras aún no hubiera sido compuesta por aquellas fechas).

La oscuridad era casi absoluta. Las linternas se habían ido con los visitantes y en los túneles no quedaba otro guía que las voces que rebotaban en las paredes recubiertas de restos humanos, y que no podía decirse si venían de derecha, de izquierda, de frente o por detrás.

—¿Salimos de aquí? —preguntaste no muy convencida de lo que querías hacer en aquellos momentos.

—Supongo que te habrás dado cuenta de que estamos perdidos.

—¡Fantástico! —exclamaste de una manera impulsiva—. ¡Me encanta París! —añadiste pensando en lo que había allá arriba.

—¡Ya…, no me lo digas! ¡Te encanta tanto que quisieras quedarte aquí para siempre!

Andrés echó a caminar hacia donde suponía que se encontraba la salida. Tú lo seguiste inmediatamente.

Vuestros pasos eran lo único vivo de aquel lugar. Poco a poco fuisteis distinguiendo una pequeña luz. Se trataba de una reducida rotonda tenuemente iluminada por unas lamparillas de aceite.

En un cartel oxidado por la humedad podía leerse que aquella era la "Cripta de la Pasión", aunque tú sabías, o lo supiste después, que era popularmente conocida como la "Rotonda de las Tibias", tanta era la cantidad de huesos allí amontonados.

Ibais a dirigiros hacia la luz, cuando Andrés te cortó el paso. Girándose bruscamente, se interpuso entre la salida y tú.

Lo miraste sin comprender. O tal vez comprendiendo demasiado bien.

Andrés alargó una de sus manos hacia tu rostro.

Viste cómo se acercaban hacia ti aquellos dedos amados, y tal vez para detenerlo, o acaso para facilitar lo inevitable, tomaste aquella mano entre las tuyas y se la besaste.

A partir de aquel momento, casi no recuerdas nada. Sentiste el vértigo de su cuerpo contra el tuyo, la montaña rusa de sus caricias cayendo en picado sobre ti, dentro de ti. Y ni siquiera serías capaz de reproducir sus palabras de amor.

En tu cabeza, de pronto, se inició una música que comenzó a recorrerte de arriba abajo, acariciándote, estrujándote, penetrándote como sólo pueden hacer las composiciones muy, pero que muy amadas.

La Suite nº 2 de Juan Sebastián Bach, la de la película que habíais visto juntos, iba y venía de tu cabeza a tu corazón, de tu corazón a tu piel, de tu piel otra vez a tu cabeza, en una mezcla confusa y arrebatadora como nunca jamás habías experimentado antes.

Tu mano se había aferrado a sus cabellos, tirando hacia atrás, hacia su nuca, acariciándolo con desesperación, con esperanza...

Cuando saliste de aquellas catacumbas, estremecida, fascinada, un tanto abatida, absolutamente emocionada, te llevaste una gran sorpresa: el gran león de bronce aún continuaba allí.

¿Cómo era posible que el milagro que se había producido en las entrañas de la tierra no hubiera sido capaz de llegar a su superficie, transfigurándola?

¿Cómo era posible que la plaza Denfert–Rochereau siguiera siendo la misma, los mismos paseantes, los mismos vehículos, la boca del metro, las tiendas, los adoquines, la memoria del Mayo del 68, el azul intenso del cielo...?

Miraste a Andrés a los ojos y te gustó su mirada. Una mirada que no era la de un conquistador, ni tampoco la de un conquistado.

Aquellos eran los ojos de un compañero para siempre, que jugueteaba con el mechón de su cabello al retirarlo de su frente.

Sin embargo, Ada, aún no sabías que dentro de muy poco Andrés iba a desaparecer para ti.

* * *

La *Gare d'Austerlitz* acogía al hormiguero de gente típico de cualquier estación ferroviaria de una gran ciudad. Todo el mundo se confundía con todo el mundo.

Pero tú, con la llamativa compañía de tu violonchelo, eras la viajera más inconfundible.

Llevabas el pelo, como casi siempre, recogido en una trenza que caía sobre tus hombros desnudos.

No habías querido que madame Jeanson te acompañara hasta el andén. Os habíais despedido en la puerta, acuciados por un taxista nervioso que había hecho sonar reiteradamente el claxon mientras os dabais el beso de rigor.

"Escribe de vez en cuando, querida", te había dicho madame Jeanson a la vez que te entregaba un pequeño recuerdo envuelto en un papel color violeta.

Te sentaste, a la espera de que fuera formado el tren que te habría de devolver a Madrid, y desenvolviste el paquete. Era una espantosa torre Eiffel, de esas que suelen venderse a turistas apresurados en cualquier tienda de *souvenirs*.

¿Cómo era posible, te preguntaste, que una mujer tan refinada como madame Jeanson te regalara algo tan vulgar?

La respuesta no mejoró cuando la torre Eiffel, motivo de una pequeña caja de música, comenzó a emitir una de las melodías que habíais interpretado conjuntamente en su casa.

El detalle era tan ordinario que casi resultaba enternecedor.

Los altavoces te devolvieron a la realidad. Y la realidad no era que dentro de muy poco ibas a abandonar París. La realidad no era el final del verano. No.

La realidad se llamaba Andrés. Y Andrés no había ido a despedirse.

Habías sentido un cierto descorazonamiento cuando te dijo que no le gustaban las despedidas, y menos las de las estaciones. Tampoco a ti te agradaba decirle adiós, pero al mismo tiempo necesitabas tanto volver a verlo…

Al cabo de unos minutos, subiste al vagón, buscando tu departamento.

Desde la ventanilla, tus ojos buscaban y no encontraban.

Ya le escribirías, te dijiste. Ya volvería él a Madrid, añadiste sin demasiada seguridad de que eso fuera a suceder. ¿Te llamaría a su regreso?

Brutalmente, como sólo por celos puede hacerlo una persona enamorada, te enfrentaste a una terrible posibilidad: ¿y si todo aquello, para él, no hubiese sido más que un amor de verano?

Probablemente tú te lo habías tomado demasiado en serio. La gente se conoce y se besa, se separa y, muchas veces, no vuelve a verse nunca más. Se recuerdan como algo que sucedió en un momento determinado y placentero, como algo hermoso que forma parte de un diario íntimo de vacaciones.

¿El amor de tu vida?

¿O tal vez, para él, el amor de un momento de su vida?

Tus ojos comenzaron a empañarse con el sentimiento que brotaba de tus entrañas.

"Tengo que ser fuerte", te dijiste. "Soy una tonta. Las cosas pasan y la vida sigue."

Unos golpes en el cristal de la ventanilla te hicieron volverte.

Allí estaba él, con un papel enrollado en la mano y atado con una cinta de terciopelo rojo.

—¡Lo siento! —dijo justo cuando el reloj de la estación señalaba la hora exacta en que el tren debía partir.

No tuviste tiempo de decir nada, sólo de lanzarle un beso.

El tren comenzó a moverse.

Andrés te entregó el papel enrollado e instintivamente dio un par de pasos por el andén mientras veía cómo te alejabas.

Corriste al lavabo. No querías compartir aquel momento con ningún otro pasajero. Cerraste la puerta con el seguro, te limpiaste las lágrimas con el agua del grifo, y apoyada en la taza desenvolviste el regalo:

"Para I., que prefiere que la llame A., de J.S.B. y sobre todo de A."

Era una extraña dedicatoria con siglas. Y, con ella, la *Suite para violonchelo solo* de J. S. Bach. Escrita con rasgos menudos, sobre papel pautado.

Tú, Ada, comenzaste entonces a escucharla dentro, muy dentro de ti.

Estabas emocionada porque él había cambiado de opinión y había decidido ir a despedirte. Y porque, con su regalo, demostraba que no se había olvidado de la primera música que escuhasteis juntos, en un cine, cuando ni siquiera aún os conocíais.

Cerraste los ojos, ya más serena, más tranquila, sabiendo que la vida estaba de tu parte.

"Si esto es algo que merezca la pena", dijiste escuchando el sonido de las traviesas bajo tus pies, "lucharé para que no termine nunca."

Lo habías hecho con tu música (en el Conservatorio te tildaban de "empollona" porque eras la primera en llegar y la última en marcharte) y ahora, con más motivo, lo ibas a hacer con Andrés.

Echaste vaho en el espejo del lavabo y, luego con uno de tus dedos, mientras soñabas con los suyos, dibujaste un corazón y dos letras: "A. quiere a A."

Era bonito tener la misma inicial. Y, rebosante de amor, volviste a tu asiento. Sólo lamentaste que el violonchelo viajase en el vagón de mercancías (no estaba permitido que lo hiciera contigo), porque, de haberlo tenido allí, seguro que hubieras interpretado la música que Andrés acababa de regalarte.

El paisaje se alejaba a gran velocidad por la ventanilla. Las estrellas empezaban a brillar en el cielo. Y, sin saber muy bien por qué, tú comenzaste a buscar en ellas un camino en medio de la noche.

Segundo Movimiento:
ANDANTE MODERATO

"¡Oh, ahora lo sé!
Sé que no has nacido en vano,
sé que no has vivido ni sufrido en vano."

Te extrañó que no fuera nadie a esperarte a la estación. Apenas podías con el violonchelo y el equipaje, por lo que no habría estado de más que tu hermana hubiera ido a echarte una mano.

Al llegar a casa lo comprendiste: tu padre se encontraba indispuesto y Berta había salido en busca de un practicante.

—¿Qué tal París, mi niña? —te preguntó él nada más verte.

—Bien, muy bien —respondiste precipitadamente—. ¿Y a ti, qué te pasa? —quisiste saber preocupada.

—Nada, mi niña.

Tu padre conservaba algunas de las expresiones propias de la isla en la que había nacido.

—Achaques de la edad.

—¡No digas eso ni en broma! Eres aún muy joven —le replicaste cogiéndolo de la mano.

No le estabas echando ningún piropo caritativo. Aunque rondaba los cincuenta y, desde la muerte de tu madre, había perdido muchas de las ganas de vivir y envejecido prematuramente, era un hombre aún joven y muy guapo.

—Pero echaba en falta a mi guardián.

—Estaba Berta contigo…

—Me refiero a mi guardián de porcelana, ¿recuerdas?

—Siempre estaba esperando a la puerta del castillo a que llegase alguien, pero ese alguien nunca llegaba.

Era agradable recordar la infancia cogida de la mano de tu padre.

—Entonces el guardián pensó que tal vez su misión consistía en controlar las olas que pudieran destruir la edificación; pero en aquel rincón de la playa el agua jamás llegaba a alcanzar las puertas del castillo.

—Tal vez —continuaste tú demostrándole que conocías perfectamente la historia—, tal vez su obligación era la de alejar a los niños que corretearan por allí, impidiendo que alguno de ellos lo pisoteara y lo redujera a un informe montón de arena.

—Pero aquella playa era tan solitaria que por allí no aparecían ni siquiera niños.

La que apareció fue Berta, con el practicante.

—¡Fíjate qué ocurrencias tiene papá! ¡Acatarrarse en pleno verano!

—Una pulmonía no es ninguna ocurrencia… —dijo el hombre sacando la jeringuilla de su maletín—. Pero, en fin, confiemos en que con estas inyecciones podamos devolverle la alegría.

Tu padre sonrió forzadamente sin soltar tu mano.

—Tendrás mucho que contarme —te susurró al oído mientras se disponía para la inyección.

—Mucho, mucho… —respondiste acercándote a la ventana para contemplar la calle con su larga hilera de acacias, y en la que los automóviles se disputaban cualquier hueco, por pequeño que fuera, para aparcar.

Aquella calle era tu calle, donde jugabas de pequeña, donde descubriste el encanto de las tiendas, lo importante que era para una niña ir a comprar por primera vez una botella de leche, un kilo de fruta, una barra de pan…

Aquella calle, tan cambiada por el paso del tiempo –ayer bastante tranquila, hoy incluso congestionada por el tráfico– había sido hasta entonces el vestíbulo de tu único hogar.

Pero en el largo viaje de tren habías tomado una determinación: irte a vivir sola.

¿Podrías hacerlo? ¿Serías lo suficientemente fuerte como para tomar las riendas de tu vida sin depender de nadie?

No querías abandonar a tu padre, a pesar de que tu hermana Berta podía ocuparse de él perfectamente. Pero, ¿no sería una actitud demasiado egoísta por tu parte?

—¿Qué te parece la idea, papá? —le preguntaste una vez que el practicante se fue y mientras Berta preparaba una tisana en la cocina.

Tu padre, como siempre, fue comprensivo. Le dolía perderte, ¡cómo no!, pero estabas a punto de ser mayor de edad y tu vida era sobre todo tuya.

—Bien, me parece bien, mi niña. Pero no te olvides de nosotros.

—Nunca, eso nunca.

¿Cómo ibas a poder olvidar aquella casa, tan acogedora y a la vez demasiado grande para vosotros tres, donde se echaba constantemente de menos la presencia de vuestra madre?

¿Cómo olvidar el largo pasillo, la habitación cerrada al final del mismo, la puerta con los arañazos del gato que, durante unos años, había estado con vosotros, hasta que, también deseoso de independencia, una noche se había marchado por los tejados para no regresar?

¿Cómo olvidarse del falso tapiz gobelino, con fondo de rosas rojas, o del reloj sin manecillas que se conservaba todavía, no se sabía muy bien por qué, encima del aparador?

¿Cómo poder olvidar tus primeros juegos, tus primeros llantos, tus esperanzas y alguna que otra desilusión: el ratoncito Pérez, los Reyes Magos, la cigüeña que, según decían, traía a los niños precisamente de París?

—¿Y cómo vas a pagarte el apartamento? —te preguntó tu padre, seguramente con el propósito de ayudarte en lo que pudiera.

La idea te vino a la cabeza bruscamente, como cuando, en medio de la noche, el campo se ilumina con un rayo que anuncia la tormenta.

—Daré clases, clases de música.

—Buena idea, mi niña.

A tu padre siempre le había gustado que te dedicaras a la música. Aunque, como solía confesar con cierta vergüenza, él no entendía nada de nada, pues "tenía una oreja frente a la otra". Pero no le cabía duda de que le encantaba verte sentada, con el violonchelo entre las piernas y el arco dispuesto.

Y luego, cuando la melodía brotaba de las cuerdas, sus ojos solían humedecerse.

—Pondré un anuncio en el Conservatorio, a ver qué sale... —dijiste sin demasiada convicción, acaso porque lo que más te molestaba era tener que esperar al principio de curso para comenzar tu nueva etapa.

—Ven —te dijo de pronto Berta—, ven a mi cuarto.

Tu padre te hizo un gesto de que fueras con tu hermana, y lo hiciste pensando que acaso también él deseaba quedarse solo y dormir un rato.

Berta cerró la puerta en cuanto entraste.

—¿Está muy enfermo?

—Ya sabes cómo es, no deja de fumar por mucho que se lo advierta el médico. Tendré que ponerle acíbar en las boquillas de los cigarrillos, a ver si así los aborrece de una vez.

—Acabaría cogiéndole gusto al acíbar —respondiste convencida de que tu padre sería capaz de transformar hasta la sustancia más amarga en un complemento natural del tabaco.

—Mira —dijo Berta mostrándote un par de fotografías—. ¿Qué te parece?

El muchacho francés tenía, en efecto, un cierto aire a Brad Pitt, aunque sus ojos eran más oscuros.

—Guapete.

—¿Guapete? ¡Más que eso, mucho más! Y si lo vieras en calzoncillos…, ¡para comérselo!

—¿Es que lo has visto en paños menores? —le preguntaste con una sonrisa de complicidad.

—Con el calor que ha hecho, se paseaba por la casa en pantalón de deporte, sin nada más.

—¡Ah, bueno! Si por lo menos era en pantalón de deporte…

Tenías ganas de hablarle a tu hermana de Andrés, pero al mismo tiempo sabías que no te iba a comprender del todo. Te iba a decir que sí, que estupendo, que magnífico, pero, en el fondo, al ser más pequeña que tú, ¡qué sabía ella!

Por eso la dejaste hablar, sin meter baza, haciendo como que escuchabas sus historias: adónde la había llevado, cómo fue el primer beso, la primera disputa y poco más.

Tu recuerdo estaba prendido en las entrañas de París. No sólo en sus entrañas, también en uno de sus jardines, en una panadería, en la Cinemateca…

¿Y ahora dónde estaba él?

Los últimos días de aquel verano se te antojaron eternos. El calor se prolongaba sin dejar paso a la menor gota de lluvia, y ello hacía que el ambiente resultase sofocante. Sobre todo porque las noticias brillaban por su ausencia.

Hay quien dice que la falta de noticias ya es una buena noticia, dando por supuesto que cuando las noticias son malas se comunican inmediatamente.

Pero para ti era justamente al contrario: la falta de noticias era una pésima noticia. Como si él se hubiera olvidado por completo de ti.

Para calmar tus nervios, ensayabas denodadamente con tu instrumento de cuerda; no sólo Bach, sino también música de jazz, imaginándote en un tugurio de Nueva Orleans.

Hasta que un día llegó una tarjeta postal. La ilusión inicial rápidamente dejó paso a un cierto malestar, al desasosiego.

Noticias al fin, sí, pero, ¿por qué una simple postal? ¿Por qué sólo unas líneas para decir que iba a regresar más tarde de lo previsto? ¿Que ahora estaba en unas excavaciones, cerca de Tarbes, y que únicamente cuando terminara su trabajo…

—¡Te puedes quedar con tus fósiles de mierda, maldita sea! —dijiste enjugándote las lágrimas con el revés de la mano.

—¡Traigo buenas noticias! —exclamó Berta sin reparar en tu estado de ánimo.

—Luego, por favor —te excusaste intentando echarla de tu habitación, pues necesitabas estar a solas para ordenar las ideas, para saber qué ibas a hacer con aquel sentimiento que, al igual que una barrena, te perforaba sin pausa.

Además, lo último que deseabas era oír nuevas historias del doble del actor americano.

—De luego nada —replicó Berta pasándote un número de teléfono—. Llama ahora mismo, te está esperando.

Tu corazón dio un brinco. ¿Te estaba esperando Andrés al teléfono? No, no era eso. Tu hermana te daba un número de teléfono para que llamaras cuanto antes a alguien.

—¿A quién?

—Se llama Gaudencia. Sí, no te rías, ya sé que es un nombre muy raro; por eso prefiere que la llamen Gaudi. Su hija va a ser tu primera alumna.

O sea, que se trataba de eso, de las clases de música. Bueno, te dijiste, mejor; así estarías ocupada, y no tendrías tanto tiempo para pensar en otras cosas…

La hija de Gaudi era una niña de diez años, pecosa, más que tú todavía, y muy callada. Afortunadamente, su madre había tenido el buen gusto de no ponerle el mismo nombre: se llamaba, sencillamente, Isabel.

Isabel era muy sensible y, quizás, demasiado retraída, pero a ti te cayó bien desde el principio. Te gustó su mirada, que, aunque tímida, solía dirigirla directamente a los ojos. No se escondía, buscaba.

—¿Qué días podrías venir? —te preguntó la madre, enfermera en un hospital de la Cruz Roja y cuyo horario de trabajo, condicionado por las guardias y los cambios con los compañeros, era bastante irregular.

Su aspecto era más bien rudo, brusco; iba directamente al grano, como si no quisiera perder el tiempo en charlas superfluas.

Quedasteis de acuerdo en fechas y precio, un precio que no discutiste demasiado, pues enseguida te diste cuenta de que Gaudi no nadaba precisamente en la abundancia y que, si hacía aquel pequeño sacrificio, era porque deseaba lo mejor para su hija.

—Entonces, hasta el sábado.

—Hasta el sábado, Ada —te dijo Isabel dándote un beso en la mejilla.

Aquel gesto bastó para que te prometieras entregarle a la niña todo lo que sabías, de la manera más provechosa.

—¿Qué te ha parecido? —te preguntó Berta nada más regresar a casa.

—Un encanto.

—¿Gaudi, un encanto? Yo nunca la definiría precisamente así…

—Me refiero a la niña.

—A la niña no la conozco. Pero su madre la debe de querer mucho. En estos casos, ya sabes, o las quieren mucho o nada.

—¿En qué casos?

—Gaudi es madre soltera.

—¿Y qué?

—Pues nada, que lo es —dijo Berta encogiéndose de hombros y enfilando hacia el baño para tomar una ducha.

A ti, Ada, te pareció que lo que tu hermana te contaba de Gaudi tenía un cierto aire discriminatorio.

Te preguntaste que por qué el mundo ha de dividirse en hombres y mujeres, en blancos y negros, en niños y adultos, en casados y solteros, en…

Pero, al mismo tiempo, aquel sentimiento te infundió aún mayores ánimos para dedicar a tu primera alumna lo mejor de ti misma.

Y los días seguían, rutinarios, monótonos, hasta que, de improviso, como si fuera un telón, caía la noche.

Después de tomar una ducha refrescante, solías tumbarte en la cama envuelta sólo con la toalla. Dejabas la ventana abierta y hasta ti llegaban los sonidos de las televisiones de los vecinos, las charlas de los últimos comensales, el maullido de algún gato vagabundo que, tal vez, iba en busca del que una noche se marchó de tu casa.

Pero también solías ver la luna, o parte de ella. Pálida, resplandeciente, con esa especie de sonrisa burlona provocada por las sombras de sus cráteres.

A veces te sobresaltabas desnuda y estremecida, porque te habías quedado adormilada con tus sueños y la toalla, indolente, había resbalado hasta la alfombra.

Generalmente te cubrías con la sábana, como en invierno lo hacías con la manta. Pero aquella noche, sin saber muy bien por qué, te levantaste para contemplarte en el espejo.

No encendiste la luz; la única claridad procedía precisamente de la luna, en cuarto menguante. Pero aquel cuerpo que tan bien conocías te pareció diferente, como si no fuera tuyo. Como si aquellos pechos, aquellas caderas, aquellos muslos los vieras por primera vez.

Y sentiste vergüenza, esa vergüenza que se siente cuando se hace un descubrimiento íntimo no deseado.

Te protegiste con tu violonchelo, como si él fuera el único abrigo posible en aquel momento.

Muy dulcemente, pasaste el arco por las cuerdas y el violonchelo pareció llorar.

—¡Oh, Dios, cuánto lo quiero…! —musitaste—. ¿Por qué estaré tan enamorada? ¿Por qué?

O, tal vez, ¿para qué? ¿Para sufrir? ¿Acaso el amor era aquello?

¿O es que, aunque todavía no lo supieras, aunque fuera imposible que lo supieras todavía, lo que te ocurría era que necesitabas aferrarte a cualquier elemento que representase a la vida?

Porque el amor, eso sí que lo supiste entonces, era, junto con la música, lo más cercano a la vida que existía para ti.

Necesitabas transformar aquellas semanas interminables en algo fugaz que te condujera directamente a sus brazos.

Pero, ¿por qué esa necesidad? ¿Qué te había dado? Era sólo un hombre que iba y venía, que desaparecía cuando lo necesitabas. Entonces, ¿por qué depender de Andrés?

Estabas furiosa (¿por esa dependencia o por su ausencia?), y en esos momentos sólo sabías hacer una cosa.

Hiciste nuevamente sonar una de las cuerdas del violonchelo, esta vez pellizcándola, para que no volviera a llorar. Ahora era un gesto contundente, sí, pero a la vez gracioso.

Sonreíste desnuda en la oscuridad y, al fijar tu mirada en la partitura que él te había regalado, dejaste de tener miedo.

—Si vuelve, es porque me quiere. Si no me quiere, es mejor que no vuelva.

Con esa sensación estrechaste más y más el violonchelo contra tu cuerpo, y volviste a mirar a la luna.

Entonces sonó el teléfono.

Corriste para que no despertara a tu padre ni a tu hermana, que ya hacía horas que se habían acostado.

Podían ser las tres, las cuatro de la madrugada. Alguien, sin duda, que se había equivocado.

—¿Dígame?

Un silencio.

—¿Dígame?

—¿Ada?

Otro silencio antes de añadir:

—… Soy yo.

E igual que tú habías hecho en París, esta vez el que colgó fue él.

¿Por qué? ¿Porque lo habías hecho tú antes? Aún así, ¿es que Andrés no comprendía la necesidad que tenías de sus palabras al no ser posible su imagen, sus manos en las tuyas, tus labios en su boca?

Te pasaste la noche en vela, esperando que el teléfono sonara de nuevo, esperando volver a escuchar su voz.

Pero la llamada no se repitió.

Dos días después –dos días y dos noches en los que tuviste tiempo de pensar en lo divino y en lo humano–, al llegar a casa, tu hermana te señaló con una sonrisa la puerta de tu habitación.

—¿Qué?

Berta no dijo nada. Sólo te instó, con un movimiento de cabeza, a que entraras de una vez en tu cuarto.

Allí, sobre la cama, había una caja alargada, con agujeros en la tapa.

Lo primero que pensaste fue que tu hermana, para tranquilizarte (pues decía que últimamente tenías los nervios de punta y que saltabas por cualquier cosa), te había comprado unos gusanos de seda.

Recordaste aquellos que te regaló tu madre cuando no tendrías más de siete u ocho años, su alimentación a base de hojas de morera, su conservación en un lugar oscuro, y luego tu embeleso al verlos esconderse en el capullo para, al fin, renacer transformados en mariposas.

Pero también recordaste que la casita de cartón de aquellos gusanos era una vieja caja de zapatos; sin embargo, la que ahora había sobre tu cama estaba envuelta con un precioso papel metalizado y motivos de hipocampos.

La abriste sin demasiados miramientos. Dentro, abrazadas todas ellas por una cinta de terciopelo negra, había cuatro rosas.

Una roja, otra blanca, otra rosa y otra de té. Y una tarjeta.

Esté donde esté, estés donde estés, no existirán para mí los cuatro puntos cardinales, sólo tú.

No llevaba firma; tampoco hacía falta.

Tu corazón te dio un vuelco, pero la alegría inicial pronto dejó paso a un cierto sinsabor. Te encantaban sus detalles, la partitura y ahora las flores, que colocaste en un búcaro muy cerca de aquélla. Pero te faltaba él.

Ni siquiera te había concedido su voz; sólo unas letras –hermosas letras, eso sí–, en una tarjeta.

Ni una palabra de dónde estaba, ni cuándo iba a regresar, ni si iba a llamarte pronto; nada de nada…

Te sentaste con tu violonchelo entre las manos e improvisaste la primera melodía, un tanto melancólica, que en esos momentos te vino al corazón.

* * *

—¡Se acabó! —dijiste a tu padre arrebatándole el cigarrillo que acababa de encender.

—Sabes que, si me lo quitas, me muero —protestó él poniendo cara de víctima.

—Lo que sé es que te vas a morir si sigues fumando —replicaste ofreciéndole a cambio un zumo de naranja que acababas de preparar.

—Todos tenemos que morir de algo —dijo tu padre evitando discutir contigo.

—Papá —tu mirada era reprobatoria, pero también llena de cariño—, te necesito a mi lado, mucho, mucho tiempo. Haz un esfuerzo, por todos, por mí…

Tu padre tragó saliva. Sabía que muy pocas veces le habías pedido algo, ni siquiera de pequeña con motivo de tu cumpleaños o de los Reyes… Mientras que Berta escribía cartas y más cartas pidiendo cosas, tú te limitabas a esperar lo que quisieran regalarte.

—Lo intentaré —dijo mientras sus ojos se iban, inevitablemente, hacia la cajetilla que recogías y guardabas en un cajón del aparador.

—Puedes hacerlo de dos formas: o poco a poco, fumando cada día menos, o de golpe, dejándolo de una vez por todas.

—No podré dejarlo de ninguna de las dos maneras —dijo tu padre dando un largo suspiro.

Te sentaste a su lado, cogiste sus manos entre las tuyas y le transmitiste tu calor:

—Papá, si quieres, puedes.

—¿Tu crees, mi niña?

—Cuando murió mamá, pensaste que el mundo se hundía bajo tus pies, y, sin embargo, has podido seguir viviendo.

—Es verdad, mi niña. Si esto es vivir…

—¡Venga, papá, no empecemos…! Ya sabes dónde está el tabaco. Si quieres, fumas; si no, lo dejas. Tú decides.

—Sí, mi niña… —respondió resignado.

Y te fuiste a dar la clase.

Mientras te dirigías a casa de Isabel –el metro, dos transbordos–, ibas pensando en tu próximo traslado al apartamento. Los que veías anunciados en el periódico tenían unos alquileres escandalosos o, si se encontraban dentro de tus posibilidades, estaban en el quinto pino, a varios kilómetros del centro de Madrid.

Aquella tarde Gaudi aún no había llegado. Te abrió la puerta su hija, y enseguida te diste cuenta, por sus ojos, de que había estado llorando.

—¿Qué te pasa, Isabel?

—Nada —respondió la niña abriendo el estuche de su violín.

—¿Nada? —bromeaste—. Pues ya sabes: el que nada no se ahoga.

Le diste un beso, la sentaste sobre tus piernas y comenzaste a juguetear con ella, a hacerle carantoñas y cosquillas.

Casi al instante Isabel ya se reía.

—¡Por supuesto que no era nada! —dijiste ya más tranquila.

Isabel quiso ponerse de nuevo seria, y lo consiguió a medias.

—Mira, Ada, ven...

La niña te condujo hasta el trastero, donde había un tambor de detergente, una fregona, una escalera de aluminio, un par de cubos de plástico y varias cajas de distinto tamaño.

Una de ellas tenía agujeros en la tapa.

Isabel la abrió.

—¡Se me han muerto! —sollozó.

Allí estaban, blancuzcos, casi grises, rayados, encogidos. Unos gusanos que nunca llegarían a ser mariposas.

—¿Por qué se han tenido que morir? —preguntó la pequeña—. ¿Por qué?

Sé que tuviste que hacer un gran esfuerzo por disimular. Que tragaste saliva para poder esbozar la más luminosa de tus sonrisas. ¿Cómo era posible que, no mucho después de que tú hubieras pensado en los gusanos de seda, ahora se aparecieran ante ti, y además de aquella forma un tanto brutal?

Te pusiste en cuclillas, a la altura de Isabel, y la miraste a los ojos.

—¿Tienes por ahí una pala? —le preguntaste.

—¿Una pala? —se extrañó ella.

—Sí, una pala, un cubo, de los que se llevan a la playa.

—Nunca he estado en la playa —dijo Isabel mientras rebuscaba en una de las cajas que contenía juguetes viejos—. ¿Vale ésta?

—Sí, perfecta.

Aquel día, enseguida lo supiste, no ibas a dar clase. Al menos clase de música.

—¿Cómo es posible que no hayas ido nunca a la playa? ¿No conoces el mar?

—No —respondió Isabel.

—Algún día vendrás conmigo a verlo, ¿te parece bien?

Isabel sonrió chocando su mano con la tuya, en plan cómplice.

Os dirigisteis a un parque cercano y, detrás de unos bancos, próximos a un macizo que quedaba prácticamente escondido, cavaste un hoyo.

—Una vez el rey de la selva hizo una reunión con todos los animales para nombrar a su sucesor. "Tiene que ser alguien sabio y prudente", anunció. *"Croac–croac"*, dijo la rana pegando saltos de alegría, "ésa soy yo". El león hizo como que no había oído nada y prosiguió: "Ha de tener autoridad y ser respetado por todos". *"Croac–croac*, ésa soy yo", insistió la vanidosa rana. El león sacudió su melena antes de continuar: "Deberá saber escuchar a unos y a otros antes de tomar una decisión importante". *"Croac–croac"*, volvió a interrumpir la rana, "ésa soy yo".

La caja de los gusanos comenzó a ser cubierta por la tierra del parque.

—¿Y qué pasó? —preguntó Isabel más interesada ya en la historia del león y de la rana que en sus gusanos de seda.

—El rey de la selva, que ya estaba hasta los bigotes de tanta interrupción, dijo con gesto fiero: "Cualquiera de vosotros, si reúne estas condiciones, puede ser mi sucesor". La rana iba a lanzar una vez más su impertinente *"croac–croac"*, pero esta vez el león se le adelantó: "¡Cualquiera menos un animal que está aquí, entre nosotros, que pega saltos, tiene los ojos saltones y croa! ¡Ese animal nunca podrá, bajo ningún concepto, sucederme!". La rana miró a un lado y a otro antes de echarse a reír, dio una voltereta y, ante el asombro de todos los presentes, exclamó: "¡Qué mala suerte tienes, amigo sapo!".

Isabel se echó a reír. Cuando llegasteis a su casa, aún tuvisteis tiempo de echar una ojeada a la lección, que definitivamente dejasteis para la próxima clase.

* * *

Y así fueron pasando las tardes, los días, las semanas.

De Andrés, pocas noticias. Las rosas ya se habían marchitado, aunque recogiste sus pétalos secos para meterlos en las páginas más queridas de algunos de tus libros preferidos.

El pétalo blanco, en una antología poética de Juan Ramón Jiménez.

El rojo, en las *Cartas de la Atlántida*, de Silverberg.

El rosa, en el primer capítulo en el que aparece la protagonista de *Los hermanos Karamazov*, de Dostoievski.

Y el de té —no podía ser de otra manera—, en el libro de un autor británico: *Mi familia y otros animales*, de Gerald Durrell.

En el conservatorio, entretanto, las clases ya habían comenzado.

Una tarde acudiste al tablón de anuncios a poner el tuyo: se buscaba apartamento, aunque fuera compartido.

—¿Te valgo yo? —bromeó una voz a tus espaldas.

Era Benito, un compañero de clase que tocaba la viola de gamba, aunque por su aspecto de despistado y bromista, más bien parecía un músico de jazz.

—Nos echarían del piso —dijiste con una sonrisa—. ¡Menudo escándalo!

—¿Lo dices porque nos pasaríamos todo el día tocando?

—¿Por qué iba a ser si no? —encadenaste con un gesto pícaro.

—Claro —añadió el muchacho siguiendo la broma—. Comprendo que, dados mis encantos, la situación te acabaría resultando insostenible…

—¡No lo sabes tú bien!

Antes de que la conversación continuara por aquellos derroteros, la interrumpiste fijándote en un anuncio.

—¿Y esto de qué va?

—Los de tercero, que están organizando un viaje para estas Navidades.

—¿Adónde? Aquí sólo dice que cualquier propuesta que tengamos se la entreguemos por escrito a Mavi.

—A Mavi, la "sufragista", ya sabes.

Benito apodaba así a su compañera porque era muy decidida, demasiado marimandona en su opinión, y, sobre todo, porque no se depilaba las axilas.

Pero las pocas veces que tú te habías cruzado con ella habías agradecido su sonrisa, franca y resplandeciente.

—Es que no tienen ni idea de adónde ir. Piensan hacerlo democráticamente, por elección de la mayoría.

—Y de las pelas que haya, supongo.

—Supones bien

Y Benito te acompañó hacia la puerta.

—¿Te apetece un café?

—Mejor un té —respondiste.

Y en ese momento recordaste algo que no querías recordar. Pero la vida es así.

Mientras tomabas la infusión, llegaste a la conclusión de que te gustaría estar lejos. Como fuera, pero lejos. Bien a su lado, estuviera donde estuviera, o bien sola, perdida en las arenas del desierto, por ejemplo.

Buscaste a Mavi y le entregaste tu propuesta.

—¿Vas a venir con nosotros? —te preguntó ella con su pelo cortado a lo chico y, sobre todo, con aquella sonrisa tan acogedora, que dejaba al descubierto parte de sus blancos dientes.

—Me gustaría —respondiste sin poder evitar clavar tus ojos en los suyos, tan profundos como los de muchos hombres, incluso más.

Mavi abrió el papel doblado en el que indicabas tu preferencia.

—¡El desierto! —exclamó sorprendida, para inmediatamente añadir—: Me encanta.

—Me alegro, Mavi.

—Nos volveremos a ver, Ada.

Luego te olvidaste del asunto.

Pero hay ideas, como hay imágenes o sonidos, que siempre acaban por volver a la mente de uno, igual que las olas en las mareas. Cuando parecen estar más calmadas, resurgen con mayor fuerza, para acabar difuminándose en la arena de la playa.

Cuando llegaste a casa, olía a tabaco.

Poco había resistido tu padre, te dijiste. Pero tu padre no estaba en casa, había salido a ver a un primo suyo.

Berta, sentada en la cama con las piernas cruzadas, fumaba un porro mientras escuchaba, medio transpuesta, música a través de los cascos.

Le cogiste el cigarrillo de los labios, lo probaste y lo arrojaste por la taza del retrete tirando de la cadena.

—¡Muy bonito! Yo intentando que papá deje el tabaco y tú, ahora, con esto…

—Esto no es tabaco.

—Es peor aún, Berta. ¡Es mierda! ¿Acaso no te das cuenta?

De lo que Berta se dio cuenta fue de que estabas llorando. ¿Por tan poca cosa?

E intentó calmarte, excusándose como pudo:

—No fumo casi nunca, pero me han dicho que, para escuchar esta música, es lo mejor…

Guns & Roses. ¿Dónde habías oído hablar de ese conjunto? ¿Dónde?

Cuando lo recordaste, le hiciste una caricia a tu hermana, para que no se pensara que seguías enfadada con ella, y fuiste a encerrarte en tu habitación.

El búcaro estaba vacío.

El violonchelo parecía abandonado en un rincón.

La partitura descansaba sobre un atril metálico, medio enroscada por el calor. Antes de tumbarte, le pusiste una pinza de la ropa para que se mantuviera bien abierta.

Pensaste en el guardián del castillo de arena. Si no tenía que preocuparse por las mareas ni por los niños, ¿para qué lo habían puesto allí como guardián? ¿Tal vez para proteger el castillo de la lluvia? ¡Eso es! La lluvia era capaz de convertir la arena en lodo.

Pero aquel rincón del mundo era tan seco como un desierto; jamás llovía.

¡Ya está! Su enemigo era el viento. Estudió un sistema de defensas, de empalizadas, de altos muros a los que ni siquiera los sirocos pudieran derribar.

Pero pronto cayó en la cuenta de que allí no soplaba la más mínima brisa.

Entonces, ¿cuál era la misión del pálido guardián en este mundo?

El teléfono sonó insistentemente.

—¡Berta, cógelo por favor!

Berta, atrapada sin duda por la música de *Guns & Roses*, no lo oía.

Tuviste que atenderlo finalmente tú, creyendo que sería tu padre para deciros que aquella noche no lo esperaseis a cenar.

—¿Sí?

—¿No? —se oyó al otro lado.

—¡Andrés!

—¡Hola, Ada!

—Hola…

No sabías qué añadir. ¡Eran tantas, tantas las cosas que se atropellaban en tu boca, queriendo salir a la vez! Y ahora resultaba que no te salía ninguna…

—¿Recibiste las flores?

—¡Hace tanto ya de eso!

—Lo sé, Ada, y lo siento. Pero pronto nos veremos, ¿te apetece?

—Claro… —balbuceaste.

—¿Sólo "claro"? —te preguntó Andrés como sorprendido por tu falta de entusiasmo.

¡Si hubiera sabido que lo que más deseabas en aquel instante era estrecharlo entre tus brazos! En cambio, sólo se te ocurrió preguntar:

—¿Estás muy lejos?

—No, Ada, ahora estoy muy cerca, estoy a tu lado, ¿no?

—Sí, claro.

—¿Otra vez "claro"?

Te odiaste. ¿Cómo podías ser tan boba? Días y semanas esperando hablar con él, y ahora, que estaba al otro lado del hilo, sólo se te ocurrían tonterías.

—Me encantaron tus flores, pero…

—¿Pero…?

—Me gustaría mucho más tenerte a ti.

—¿Seguro?

—¡Cómo puedes dudarlo! —exclamaste sorprendida ahora tú por su duda—. Andrés… ¡Andrés…!

Había colgado, o tal vez se había cortado. El caso era que, una vez más, él no estaba allí.

"Llama, llama otra vez, no me dejes así, ¡llama!…"

Llamaron a la puerta.

—¡Berta, la puerta!

Nadie acudió a abrir; tendrías que ir tú, abandonar tu guardia ante el teléfono. Y todo porque tu hermanita estaba colgada con la música…, o con algo peor.

Tiraste del cerrojo con fuerza, ciertamente enfadada con el intruso que se atrevía, en esos momentos, a irrumpir en tu intimidad.

—¡Hola!

Por un instante te faltó el aliento. La emoción te subió del corazón a la garganta, y de la garganta a los ojos.

—… Ya ves cómo estaba muy cerca —te dijo Andrés alargando una de sus manos hacia tu mejilla.

Te abrazaste a él para no caer al suelo desvanecida, para que te sujetase con sus brazos, para percibir su olor como alivio a aquella impresión tan deseada, pero tan inesperada en ese momento.

—¡Te he echado tanto de menos…!

—Y yo a ti.

—¿De verdad?

Otra vez las tonterías. Nunca, lo sabías perfectamente, Ada, nunca se debe preguntar a nadie si te quiere. Es una falta de seguridad, una falta de confianza; es como echar un poco de veneno en el elixir del amor.

Lo que más te gustó fue que su beso te pareció como el de alguien al que acabaras de ver sólo unas horas antes.

¿De verdad te gustó, Ada, que en su beso no hubiera arrebato alguno?

"Sí, claro que sí…, o claro que no. La pasión podría indicar sólo deseo; en la ternura, en cambio, había un algo más de amistad."

¿Y cómo se puede sentir una amistad carnal? ¿O acaso no te referías a eso, Ada?

De pronto oíste un grito a tus espaldas.

Berta, recién salida de la ducha, había aparecido medio desnuda, sólo con la toalla a modo de pareo.

—Te presento a Andrés.

Cubriéndose el pecho, tu hermana se disculpó diciendo no sé qué de su pelo mojado y corriendo inmediatamente a vestirse.

—Me arreglaré en un momento y nos vamos —dijiste con la intención de que Andrés te esperase allí mientras te ponías guapa.

Pero a él no parecían preocuparle ni siquiera las huellas de las lágrimas en tus ojos.

—Vámonos, ahora, ¡ya!

—Espera que coja las llaves.

Tuviste que cogerlas casi al vuelo del colgador que había detrás de la puerta de entrada. Andrés te arrastraba de su mano.

Allí, frente al portal de tu casa, estaba su moto jurásica, tan fea como siempre, tan ordinaria pintada a colorines, pero tan encantadora como la primera vez.

—La próxima vez, me llevas contigo —le dijiste mientras salíais de Madrid por la carretera de Valencia.

Andrés no dijo nada. Seguramente no te oyó dado el intenso tráfico en aquel tramo de autopista.

Durante varios minutos sólo dejaste que tus sentidos se llenaran de él, hasta que la moto tomó una desviación a la derecha.

—¿Adónde vamos?

—Quiero presentarte a unos amigos.

"¡Oh, no!", pensaste, "amigos no, quiero estar a solas contigo, sólo contigo".

Él pareció adivinar tu pensamiento, pues casi de inmediato te tranquilizó:

—Unos amigos muy especiales, que no hablan —dijo enigmático, para enseguida añadir—: Yo creo que ya ni siquiera rugen.

Para ti Chinchón era no sólo una preciosa ciudad, con sus famosos soportales, sino también el recuerdo de varias películas allí rodadas, desde *Una historia inmortal*, de Orson Welles, hasta, por ejemplo, *La vuelta al mundo en 80 días*.

Andrés detuvo su vehículo a la puerta de un restaurante con picadero y una pequeña plaza de toros, de aspecto andaluz.

"¿Desde cuándo los toros o los caballos rugen?", te preguntaste dejándote llevar siempre de su mano.

—Míralos; me encantan porque son casi fósiles.

Un león y una leona. Viejos, despeluzados, con gesto aburrido, sin duda en los últimos años ya de su existencia.

—¿Qué hacen aquí?

Parecían haber cambiado la libertad de las sabanas africanas por la jaula de aquel pueblo madrileño.

—Los regaló un famoso productor norteamericano después de rodar una película de circo.

La película, ahora la recordabas porque la habías visto no hacía mucho en la televisión, se titulaba *El fabuloso mundo del circo*, pero se había rodado antes incluso de que tú hubieras nacido.

—Siempre que vuelvo a casa, vengo a saludarlos.

La pareja de leones parecía indiferente a vuestra presencia. El macho, tras sacudir su sucia melena, se recostó y cerró los ojos, como si ya no esperara nada.

Cuando os sentasteis a tomar un refresco en la plaza mayor, se lo volviste a decir:

—La próxima vez quiero ir contigo.

—¿A tocar el violonchelo mientras hacemos las excavaciones?

—No estaría mal; sería como poner banda sonora a tu trabajo.

—No, no estaría mal… —admitió Andrés bajando resignadamente la cabeza.

—¿Qué sucede?

—Ni yo mismo lo sé. He venido para verte y…

—¿Qué quieres decir? ¿Que no vas a quedarte?

—Estoy, como quien dice, de paso.

La voz salía con dificultad de tu garganta.

—¿Cuándo te vas?

Andrés sonrió cogiendo con fuerza tus manos.

—No lo sé, no depende de mí. Dos semanas, dos meses…

Respiraste aliviada. Temías que fuera a decirte "dos horas", y que añadiera que habríais de volver a Madrid inmediatamente para coger un tren o un avión con cualquier destino lejano.

—¡Menos mal! Dos semanas, incluso dos días, es todo lo que necesito para sentirme feliz.

—Pero has de entenderlo, Ada. Esto es absurdo; nos hemos conocido de repente; el cine, París, la ciudad del amor, todo muy bonito, muy poético…

—… muy cinematográfico, sí. Y muy musical —añadiste recordando la partitura que te había regalado en la estación de Austerlitz.

—Pero estamos lejos.

—¿Y qué?

—Pues que así no puedo vivir.

Andrés te miró a los ojos, dejándose envolver por tu mirada.

—¿Por qué no puedes vivir? —le preguntaste con la esperanza de que pronunciara las palabras que tanto habías soñado.

Y Andrés no se anduvo con rodeos. Se le notaba verdaderamente preocupado:

—Me estoy complicando demasiado la vida contigo.

Aquellas palabras habían sonado como campanazos de una catedral. No obstante, para restarles importancia, dijiste esbozando una sonrisa:

—Yo también…, ¿qué te habías creído?

—Es que no quiero hacerte daño y…

Temiste lo que pudiera añadir. Cuando alguien dice que no quiere hacer daño, ya lo está haciendo. Era evidente que Andrés no deseaba condicionar su vida. Y tú, a pesar de tu amor, o tal vez precisamente por él, no querías agobiarlo.

—No te preocupes. No le demos más vueltas. No pensemos en el futuro…

Pero la verdad era que tú no podías dejar de pensar, de hacer planes.

—¿Sabes que en el conservatorio se está organizando un viaje sorpresa para estas Navidades?

—¿Por qué un viaje sorpresa?

—Porque aún no sabemos adónde iremos. Cada cual pone en un papel el nombre de un lugar, y el que indique la mayoría, pues a ése iremos, si hay presupuesto, claro…

—¿Y tú qué has puesto?

—Marruecos.

Ya te veías caminando a su lado por el desierto, las cabezas cubiertas con turbantes color índigo, los pies descalzos hundiéndose en la arena, la puesta de sol convirtiendo a las dunas en destellos al rojo vivo.

Y a pesar de la promesa que te habías hecho de no agobiarlo, se lo dijiste:

—¿Por qué no te vienes con nosotros?

—¿Con vosotros?

—Conmigo.

Andrés te miró desconcertado, y no dijo nada.

* * *

¿Qué se podría decir de las siguientes semanas?

Andrés había estado a tu lado menos de lo soñado, aunque tal vez más de lo previsto.

Como si hubierais firmado un pacto de silencio, no hablasteis del futuro, ni de planes, ni de nuevos viajes.

Sólo paseabais, os besabais, ibais al cine, volvíais a besaros. Y un día, tal como apareció, se fue.

—Volverá, mi niña, volverá —te decía tu padre encendiendo su "último" cigarrillo, pues siempre prometía que lo iba a dejar "mañana".

—Ada, dime una cosa —te preguntó Isabel en un descanso de la clase de música—, ¿por qué los chicos son tan brutos?

Y te contó una anécdota sucedida en clase: un compañero se había emocionado escuchando un poema que les había recitado la señorita y los demás le habían insultado llamándole "mariquita".

—No todos son brutos. Conozco a muchos a los que les encanta la música, como a ti o como a mí.

—No me refería precisamente a los del Conservatorio —replicó Isabel.

Benito solía hacerse el encontradizo y pronto te diste cuenta de ello.

No te molestaba lo más mínimo; sabías que una persona no puede vivir pendiente, sólo y exclusivamente de otra. Pero cuando recordabas la ausencia de Andrés, te ponías de mal humor.

Benito lo solucionaba todo con una broma:

—¿Sabes, Ada, lo que les hicimos el otro día a los de viento?

Sabías que entre los músicos de cuerda y los de viento siempre había un cierto pique. A vosotros os llamaban "rascatripas", y vosotros a ellos "soplagaitas".

—¡No me digas que les habéis hecho lo del limón!

—Pues sí. Y nada menos que en la clase del Toscanini.

El Toscanini era un profesor que tenía un cierto parecido con el famoso y bigotudo director italiano. Era muy severo y no admitía chirigotas en su clase.

—Mientras los de la flauta, el fagot, el clarinete y la tuba soplaban dale que te pego interpretando no sé qué del barroco, yo hice un gesto a los colegas y todos a una...

—¡Os pusisteis a chupar limones!

—Sí, Ada, a chupar jugosos limones partidos por la mitad.

No pudiste contener una carcajada. Y es que, si algo pueden odiar los de metal y viento, eso son los limones: al ver a alguien comer un limón, la boca se hace agua, el jugo se acumula y, en lugar de aire, salen burbujas de saliva.

—¿Y qué dijo el Toscanini?

—No dijo nada; se limitó a indicarnos la puerta con la mano. Nos echó de clase. Pero la faena ya estaba hecha. Porque ahora, cuando queremos fastidiar a cualquier chuleta del trombón o de la trompeta, nos basta con hacer como que comemos limones para que, sólo con recordarlo, la saliva que le viene a la boca le impida tocar con normalidad.

Mavi te saludó al cruzar el pasillo, pero probablemente ni la viste. Estabas, casi seguro, lamentando no haber acudido a clase aquel día "de los limones". Pero, ¿por qué no habías ido?

¿Lo recuerdas?

¿Acaso habías ido al cine?

¿Estabas melancólica?

¿Te habías quedado escribiendo una carta a Andrés?

Escribiendo, sí, pero no una carta. La primera página de tu diario. Te absorbió tanto aquella confesión a tu cuaderno que, cuando quisiste darte cuenta, se te había hecho tarde.

¿Qué pusiste como encabezamiento? Lo primero que se te ocurrió, una frase que te habías repetido muchas veces:

La música te eleva, te saca fuera
de ti y te lleva a un plano delirante
en el cual te sientes abandonada y muy feliz.

Era algo que solía decir Jacqueline du Pré, para ti la más grande violonchelista del mundo, por quien habías iniciado tu pasión, a la que de alguna manera querías parecerte y en cuyo recuerdo te habías cuestionado por primera vez aquello de que hay gente que es demasiado joven para...

Jacqueline du Pré vivió 42 años, hasta que una penosa enfermedad acabó primero con su arte, luego con su vida. Pero su arte se proyectó en discos, en vídeos, en la memoria de todos aquellos que, como tú, Ada, la amaban.

Y cuando el arte llega tan lejos y tan profundamente, ¿qué importancia tiene incluso la vida?

Luego, en tu recién nacido diario, escribiste sobre Andrés.

Y seguirías escribiendo sobre él y sobre ti en las páginas siguientes, con ilusión y esperanza unas veces, con desconcierto otras, preguntándote si aquello era amor o sólo una necesidad de amor, mientras las semanas avanzaban como una apisonadora sobre una carretera recién asfaltada.

Aquella tarde llovió. Hacía meses que en Madrid no llovía, pero aquel día la tormenta convirtió sus calles en torrenteras.

Como nada hacía presagiar lo que iba a caer del cielo, saliste a la calle sin paraguas. Y cuando se desataron las furias de la naturaleza, tuviste que correr a cobijarte en un portal.

A tu lado había gente. Chicos risueños encantados de haber recibido el chaparrón, todo lo contrario de una señora empingorotada a la que el maquillaje se le había corrido por la cara.

La situación era divertida, incluso agradable. Ver cómo el granizo y el agua golpeaban las aceras, los techos de los vehículos, para enseguida precipitarse hacia una alcantarilla que no daba abasto.

—¡Hola!

—¿Nos conocemos?

—Yo a ti sí.

Te volviste sin esperar a que os dejaran solos. Él estaba allí, detrás de ti, sonriéndote, retirando un mechón de pelo de su frente.

—¡Andrés!

Os besasteis.

—Te vengo siguiendo desde hace un rato.

—¿Sin decirme nada?

—Quería verte caminar delante de mí. Me gustan tus piernas, tu espalda, tu…

Colocaste los dedos sobre sus labios, pero no lo suficientemente rápido como para evitar que acabara la frase.

—…tu culo; me encanta cómo se mueve.

Te sonrojaste y, para que él no se diera cuenta, te abrazaste ocultando tu cabeza sobre su hombro, en aquel hueco tan acogedor que, esa tarde, olía a hojas secas y a tierra mojada.

Sin esperar a que la lluvia desapareciera por completo, echasteis a andar por la calle. Abrazados, cogidos de la cintura, sintiendo vuestro calor.

—Vente a Marruecos —le dijiste de pronto, como si en ello te fuera la vida.

—Haré lo posible, pero me esperan mis perisodáctilos del Paleógeno.

—¿Tus qué?

—Mis tapires y rinocerontes prehistóricos, ya sabes.

—¿Y en Marruecos no hay de esos bicharracos?

Andrés sonrió.

—Es posible…

En aquel momento, Ada, sentiste que algo estaba funcionando bien. ¿Por qué? A pesar de que no te prometía nada, supiste que Andrés estaba cerca, muy cerca. Tal vez por aquella manera de verte caminar por la calle, por cómo te había seguido buscando el erotismo de tu cuerpo bajo la lluvia.

—Con eso me basta —le dijiste antes de besarlo una vez más.

Se encendieron las farolas y el asfalto comenzó a brillar. Era un espectáculo de reflejos y claroscuros, de imágenes repetidas sobre el suelo y amparadas por un cielo negro, en el que comenzaban a retirarse las nubes para dejar paso a las estrellas.

—Mis bicharracos, como tú los llamas, son muy importantes. Fíjate si son importantes que hace 38 millones de años que los estamos buscando.

—Lo sé, Andrés, pero es que me gustaría tanto estar a tu lado…

—Lo estaremos pronto, muy pronto.

Aquellas palabras te estremecieron. ¿Eran una promesa? ¿Una declaración?

Cerraste los ojos y lo que viste no fue París en verano, ni Madrid en otoño. Lo que viste fue el desierto en invierno. Un desierto abrumado por el sol, surcado de dunas rojas y con el adorno, fundamental para la vida, de un palmeral junto a un oasis.

¿Por qué yo? ¿Por qué tan joven? ¿Por qué en ese instante? ¿Por qué…?

TERCER MOVIMIENTO:
TRANQUILO, FLUIDO

"¡Oh, sufrimiento!
Tú que lo abrazas todo,
he escapado de ti.
¡Oh, muerte, siempre victoriosa!
Ahora has vencido."

Siempre te había gustado que llegase la Navidad. Siempre hasta entonces. Lo que años atrás había supuesto la alegría de las luces, de los anuncios, de los puestos en la Plaza Mayor, de los confetis y las serpentinas, de los papás Noel abrumando las calles, de la precipitación por las compras de última hora, aquel año se te antojó más bien incómodo.

Pasarías la Nochebuena en casa, con tu padre y con Berta, esperando una llamada de Andrés, que, por lo que había dicho, en esas fechas estaría ocupado en unas excavaciones cerca de las arenas romanas de Nimes.

¿Es que ni siquiera en esas fechas tan familiares podía abandonar a sus fósiles? ¿Es que los *Paleothetium* o los *Cophidontinae*, después de tantos millones de años, no podían esperar una semana más?

En tu habitación, junto al violonchelo, al pie de la fotografía de Jacqueline du Pré, habías colocado la postal de madame Jeanson en la que te deseaba feliz año nuevo. Era una postal que no reproducía ninguno de los típicos monumentos de

París (algo que después del regalo de la torre Eiffel, con música incluida, no hubiera extrañado en absoluto), sino que iba firmada por Renoir: "Jovencitas al piano", uno de los maravillosos cuadros que habías visto en el museo impresionista del Quai d'Orsay, y también en una reproducción en su casa de la rue de l'Harpe.

Y a su lado, bajo la partitura de Bach, tu bolsa de viaje.

La mirabas y la volvías a mirar cada vez que entrabas en tu dormitorio. Sabías que dentro de cuatro días el avión te conduciría hasta Marrakech, y que desde allí, unas camionetas, todoterrenos, o vete tú a saber qué, os ayudarían a cruzar la cordillera del Atlas para adentraros en el desierto africano.

No querías ponerte triste. Te repetías hasta la saciedad que Andrés no podría ir contigo, que aquel era un viaje con compañeros del Conservatorio, y que, en realidad, Andrés nada pintaba en él.

No querías ponerte triste, y repetías que era una suerte que se hubiera aceptado tu propuesta, porque, de haberse elegido París, tú te hubieras quedado en casa.

¿Cómo ibas a poder estar en Francia sin verlo? ¿Cómo pasear por París sin recordar tantas cosas que te acabarían envolviendo en la melancolía?

Mejor así: Marruecos, un país distinto, donde, aunque desconocieras el árabe, también podrías manejarte en francés.

Unos días lejos de casa, lejos de todo, sin hablar siquiera de música, porque todos los compañeros os habíais hecho la promesa de dejar en tierra las corcheas, fugas, codas y demás zarandajas. ¡Que se quedaran con el Toscanini y le aguaran el fin de año!

—Oye —te preguntó Benito con una sonrisa picarona—, dicen que los árabes no beben alcohol. ¿Cómo vamos a brindar entonces la noche de fin de año?

—Tú con agua de litines.

—¿Con qué? —exclamó Benito con cara de extrañeza.

Recordaste tu infancia, cuando tu padre no fumaba y decía que lo mejor para el estómago y la digestión era beber en las comidas agua de litines. Unos polvitos mágicos de origen francés (*"les litinés du docteur Gustin"*) que se vendían en las farmacias y a los que tanto tu padre como la abuela de Limoges os habían acostumbrado de pequeños.

—*Litinés du docteur Gustin* —le dijiste a Benito riendo—. ¡Ya verás qué despedida de año tan original!

Benito no entendía muy bien; la verdad era que no te entendía casi nada, pero le gustabas.

Y tú no querías darte cuenta. Ni siquiera durante aquel extraño viaje en que hacía de guía un tal Selim.

24 de diciembre. Tres de la tarde. Estoy encerrada en mi habitación. Berta no deja de darme la lata para que la ayude en la cocina. A papá lo hemos echado de casa para que no estorbe mientras preparamos la cena. Berta se queja de que no le sale la mayonesa y de que hay que ir a la pescadería a recoger las cigalas. Ahora iré a ayudarla, pero antes necesito hablarte con mi estilográfica, necesito escribir algo en tus páginas. La verdad es que nunca pensé que pudiera escribir un diario. Siempre me había parecido cosa de críos. Y, sin embargo, escritores, músicos, pintores famosos también han escrito sus diarios.

Hoy no quiero hablar de amor. Quiero hablar de música, de Jacqueline du Pré, del violonchelo, del concierto que me gustaría interpretar para las personas a las que quiero y, sobre todo, para esas otras a las que ni siquiera conozco. Jacqueline du Pré prefería el concierto de Schumann, ése que Zola definía como "la voluptuosidad de la desesperación". Pero yo, que no llego ni a la suela del zapato, intentaría tocar en estos momentos el de Boccherini, más juguetón, más ligero si se quiere, o tal vez más optimista. Porque en estos momentos necesito estar de buen humor, para que mi padre sea un poco feliz. Para que, cuando brindemos, a ninguno nos traicione la soledad. Aunque tal vez lo mejor sea hacerle alguna broma a Berta y...

—Berta, ¿te ha escrito Brad Pitt?

—¿Quién es ése? No recuerdo a nadie que se llame así —respondió tu hermana limpiándose las manos en el delantal, en el que se podía leer: "Tu fiel compañero de fatigas".

Te extrañó que tu hermana hubiera desterrado a Brad Pitt tan rápidamente de su corazón.

—¿Habéis roto?

—¡Bah! Lo pasado, pasado...

—¿Así, sin más? ¿Con todo lo que te gustaba?

—Y me gusta —dijo Berta, soñadora—. La verdad es que es guapísimo, y besa tan bien... Pero no me voy a pasar toda la vida guardando ausencias.

"Guardando ausencias", decía tu hermana encogiéndose de hombros. Para ella aquel muchacho no había sido más que un amor de verano, un recuerdo agradable, una aventurilla.

La observaste durante un rato pensando en lo distintas que erais; pero, en el fondo, reconociendo que, a pesar de ser la pequeña de la casa, su actitud era la más madura. Una actitud que tú, en ese momento, envidiabas, porque, de haber sido capaz de sentir como Berta, ahora no estarías echando de menos a Andrés, el hombre invisible.

—He conocido a un tío muy majo; lleva perilla y le gusta la magia —te dijo Berta sin dejar de atender lo que se estaba cociendo a fuego lento—. Le encantan los juegos de manos, y a mí me encanta que los haga. Se llama...

Ni siquiera quisiste escuchar su nombre. A tu hermana le encantaba alguien que hacía juegos de manos; a ti, alguien por sus manos.

Te encerraste de nuevo en tu habitación, y te quedaste absorta contemplando el violonchelo. "El violonchelo es un instrumento solitario", pensaste con palabras de la du Pré. "Una es incompleta porque tiene esa única línea encantadora…, pero le falta la armonía de los demás instrumentos de la orquesta."

Y a ti, Ada, ¿qué te faltaba? ¿Dónde se encontraba tu armonía?

¡Qué lejos estabas de comprender que aquéllas serían sólo las primeras de una larga serie de preguntas que, en cierta medida, acabarían convirtiendo aquella cena de Nochebuena en una última cena.

¿Por qué yo? ¿Por qué siendo aún tan joven? ¿Por qué?

A las nueve y media en punto, tal como le habíais dicho, apareció vuestro padre en casa.

Traía en sus manos una piña envuelta en un llamativo papel de celofán color butano y rematada por un lazo de color blanco.

—En un día como hoy, mis niñas, no pueden faltar los villancicos.

Acogisteis sus palabras con una gran ilusión, sobre todo porque, desde lo de vuestra madre, los villancicos parecían haberse desterrado de aquella casa.

Buscasteis en el trastero unas panderetas y unas zambombas y dale que dale: *"Pero mira cómo beben los peces en el río, pero mira cómo beben por ver a Dios nacido…"*.

La figurita del niño Jesús, de porcelana de Sèvres, parecía sonreír desde su pesebre.

Los farolillos con que habíais adornado el techo resultaban alegres y luminosos.

Berta se había pintado los labios y se había puesto un vestido escotado, con el que estaba guapísima.

Pero el teléfono no sonaba.

—Papá, papito, mi niño… —comenzó Berta, mimosa, sirviendo el consomé con jerez y trocitos de jamón y huevo duro.

Tu padre enseguida se dio cuenta de que iba a pedirle algo, y la verdad es que estaba en la mejor disposición de ánimo.

—¿Cuánto, mi niña? —preguntó echando mano a la cartera y teniendo que soltar de paso el cigarrillo que acababa de encender.

—No se trata de dinero, mi niño. Es que es la noche de fin de año y me han invitado y…

—Ya veremos —dijo tu padre volviendo a aferrarse al humeante pitillo.

—¿Qué es lo que hay que ver? —protestó Berta—. Ada se va a Marruecos; tú te irás con tus primos, ¿y yo, qué? ¿Me voy a quedar sola?

—No es eso —puntualizó vuestro padre—; es que quiero saber con quién vas.

—Con un chico que hace unos juegos de manos maravillosos —bromeaste.

—¡Cállate tú, tonta! —replicó Berta tirándote una pelotilla de pan, mientras se deshacía en explicaciones, tantas que vuestro padre parecía abrumado.

Tú aprovechaste entonces para quitarle disimuladamente el cigarrillo y aplastarlo contra el cenicero.

—Hasta el postre ya no se echa más humo, ¿de acuerdo, mi niño?

Tu padre aceptó el trato de no fumar durante la cena, mientras Berta continuaba dándole la matraca: que si los amigos eran estupendos, que si la fiesta iba a ser en un chalet de La Florida, que si allí nadie bebía más de la cuenta, que si esto, que si lo otro…

Entonces sonó el teléfono.

Y tú diste un salto.

—¿Diga?

—Un momento, no se retire —te dijo una voz en francés.

70

—Hola, cariño —oíste que te decía otra voz mucho más entrañable.

Sabías que tanto tu padre como tu hermana estaban pendientes de ti, por lo que te acurrucaste contra los cojines del sofá para que tus palabras fueran sólo para él.

—Te oigo muy lejos…

—Lo estoy. He tenido que recorrer cinco kilómetros a pie para poder llamarte.

—Lo siento…

—No lo sientas… El año próximo las cosas van a cambiar.

—¿Qué quieres decir?

No sabías si sus palabras eran de satisfacción o de incertidumbre.

—Que podré elegir, que podré hacer un poco lo que yo quiera. Cuando acabe con mis perisodáctilos paleogénicos, todo será más fácil. Ahora procura pasártelo bien. ¿Estás con Berta y con tu padre?

—Claro.

—Dales recuerdos. ¡Y que disfrutes en Marruecos!

—¿Nos veremos para Reyes?

—Casi seguro. ¿Tú cuándo regresas?

Seguisteis hablando hasta que la comunicación se cortó bruscamente. Cuando colgaste el auricular, estabas más feliz que nunca. Te había dado buenas noticias. Te había dicho cosas que sonaban a promesas. ¡Y el año próximo estaba ya tan cerca…!

—¿Qué tal? —te preguntó tu padre con una sonrisa cómplice.

—Muy bien. En Marruecos me lo voy a pasar estupendamente.

—¿Has quedado con Andrés allí? —te preguntó Berta al advertir tu alegría.

—No es eso. Allí estaré con otros chicos.

—¡Mejor! —dijo tu hermana dándote una palmada en el hombro—. ¿Por qué vamos a tener que pensar en un solo chico con tantos como hay por el mundo? ¿Sabes una cosa, Brad Pitt? —dijo poniendo ojos soñadores—. ¡Pues que te puedes ir a Hollywood! ¡Que yo me voy a la fiesta de La Florida!

—Todavía no he dado mi consentimiento —intervino vuestro padre con la boca chica.

Berta se lo comió a besos y tú volviste a echar mano de la zambomba.

"Beben y beben y vuelven a beber..."

Te hubiera gustado que aquella noche nevase. Te encantaba la nieve y, sin embargo, te ibas al desierto.

Era como la música: un arco, unas cuerdas, una caja de resonancia y unas manos –tus manos– capaces de sacar sonido a la madera.

¿Acaso no podías hacer que las arenas de Erfoud se convirtieran en los hielos del Ártico? Incluso, recordando fotos de otros lugares, ¿es que en África no había nieves eternas como en la cima del Kilimanjaro?

Por la noche, bajo el edredón de plumas, tuviste un sueño:

Comenzaba en el mismo lugar que aquel de las gotas de leche. Sólo que ahora aquellas gotas se habían convertido en estalactitas y estalagmitas, y la habitación en una cueva casi prehistórica.

Tú avanzabas hasta el centro de la cueva con tu violonchelo. Sabías que, desde la oscuridad, miles de ojos estaban pendientes de ti. Nada cubría tu cuerpo, y no sentías ni frío ni vergüenza. En realidad, cada concertista, al subir a un escenario, es como si se mostrara desnudo ante su público.

Te sentaste con el violonchelo entre las piernas, la mirada altiva, la trenza cayendo por la espalda, erguida, los ojos entornados, dispuesta a comenzar.

Ibas a interpretar, para aquel público invisible, el concierto de Boccherini, tan alegre, tan lleno de entusiasmo, tan aparentemente ligero.

Pero cuando tu mano, tras escuchar el sonido de la orquesta que no existía, accionó el arco, resultó que la música que tocabas era de Schumann. Algo muy diferente, profundo, intenso, triste, casi patético.

Comenzaste a luchar contigo misma. Tu brazo contra tu deseo. Pero resultaba inútil. Schumann y sólo Schumann, con su melancolía, con su música escrita poco, muy poco antes de que la locura lo apartara del mundo.

Tomaste una decisión. Si aquél era el concierto que, en contra de tu cerebro, te obligaba a tocar tu corazón, lo harías lo mejor posible.

Ni Jacqueline du Pré habría igualado lo que tú eras capaz de hacer en aquella gruta con estalactitas lácteas.

Conforme avanzaba el concierto y se acercaba a su final, comenzaste a sentir que un aire frío recorría aquel extraño escenario.

Te hubiera gustado cubrirte con algo, pero, ¿con qué? A tu alrededor sólo tenías la oscuridad y las miradas que de ella salían.

Se te empezaba a poner la carne de gallina, el vello se te erizaba, los pezones se te endurecían como cuando tomabas una ducha de agua fría; y, lo que era peor, las manos se te acartonaban, blanquecinas, cada vez más incapaces de hacerse con los sonidos…

Unos pasos a tus espaldas.

No podías volverte sin afectar a la música.

Los pasos se deslizaban lenta, suavemente, como si no rozaran el suelo.

Y, al instante, una capa roja sobre tus hombros. Una capa de terciopelo rojo que, cubriéndote la espalda por completo, te comunicó su calor.

Te viste a ti misma como si fueras otra.

Una mancha roja en una gruta oscura con paredes blancas. Una amapola en una campo nevado.

Y cuando el último acorde brotó de tu violonchelo, en lugar de aplausos, de todos los rincones de aquel lugar prehistórico surgieron innumerables latidos de corazón. Acelerados como el sonido de un tambor, apasionados como el beso más deseado.

* * *

El avión de la Royal Air Maroc despegó con tan sólo cinco minutos de retraso, los que hubo de esperar en pista hasta que los de la torre de control autorizaron la salida.

Pero en el interior del aparato nadie estaba pendiente del reloj.

Benito se sentó, naturalmente, a tu lado.

—¿Te da miedo volar?

—No, ¿por qué? —le preguntaste.

—Porque va contra las leyes de la física… ¿Cuánto pesará este trasto?

—Venga, hombre, alegra esa cara.

Pero cuando el avión se lanzó a toda velocidad por la pista, para efectuar el despegue, Benito no pudo evitarlo y se cogió desesperadamente de tu mano.

La suya estaba empapada de sudor, pero el contacto con la tuya pareció infundirle cierta seguridad. ¿O acaso era tu mirada luminosa?

Porque aquel día, durante aquel vuelo, Ada, tu mirada era especialmente luminosa. ¿No te diste cuenta de ello cuando fuiste al diminuto servicio y te miraste en el espejo?

Abajo estaba el mar, el océano; a la izquierda, la tierra africana.

¿Quién podía decir que también allí era invierno? No se veía ni una sola nube. Atrás había quedado la Europa húmeda y fría, el continente que iba a despedir el año entre uvas, campanadas y renovados deseos de felicidad.

Dos asientos más adelante estaba Mavi, que se volvía de vez en cuando y te sonreía.

Cerraste los ojos imaginándote la llegada a África. Un África tantas veces vista en películas, tan diversa e inquietante. Cada viajero se traía una impresión de aquel misterioso continente. Te preguntabas cuál sería la tuya.

—¡Hola!

Los ojos. Los ojos de aquel muchacho te hicieron sentir un inevitable vértigo. Había acudido a buscaros al aeropuerto de Marrakech, y allí lo viste por primera vez, junto a las palmeras y el adobe rojo.

—Mi nombre es Selim.

Sus ojos eran negros y brillantes como dos carbones recién extraídos de la mina.

Sus labios, carnosos; su pelo, rizado.

Tendría tu edad y cubría sus espaldas con una capa de fino paño marrón oscuro.

Por un momento pensaste que probablemente sólo hubiera ido a daros la bienvenida, como un detalle de la agencia marroquí con la que habíais organizado el viaje. Y que todo lo que recorreríais después lo harías con otro guía.

En el fondo deseabas que así fuera. Porque Selim, desde el primer momento, te pareció hermoso, muy hermoso; y lo que era aún más peligroso, sumamente atractivo.

—*Salam Selim* —bromeó Benito estrechándole la mano.

Selim saludó, uno por uno, a todos los de la expedición, mientras tú tratabas de explicarte por qué el destino había querido que lo conocieras. Aunque siempre te quedaba la esperanza de que fuera algo pasajero.

—Os acompañaré durante todo el viaje —dijo Selim en un perfecto castellano, aunque con un inevitable acento árabe.

¿Y recuerdas, Ada, qué fue lo primero que le dijiste?

—Me alegro.

Tú también le estrechaste la mano, que no estaba sudorosa como la de Benito, sino que era suave, cálida y varonil.

Le dijiste que te alegrabas de que os acompañara hasta el desierto. Pero, ¿era verdad?

Aquella noche escribiste en tu diario:

> *Es lo mejor que me ha podido pasar para que Andrés no me atormente. El Toscanini diría que esto es como intentar sustituir una "sonata" por un "divertimento", pero yo sé que la música siempre es música, y que la única forma de sentirla es escucharla, o interpretarla. ¿Por qué digo estas cosas que, en el fondo, carecen de sentido? Muy sencillo, Ada, muy sencillo: echas de menos a Andrés y quieres que la presencia de Selim sea para ti como un alivio a su ausencia. ¿Vas a tontear con él? ¿Coquetear? ¿Seducirlo? ¿Dejar que te seduzca? ¡Qué bobadas! Sólo deseo contemplar sus hermosos ojos de pantera negra...*

Unos ojos de pantera negra que, en cierta medida, te recordaban a los de Andrés. No me digas que no...

Marrakech te arrastró hasta el fondo de sus zocos. Antes, para llegar a sus laberintos, en los que apenas se colaba el sol a través de los techos de los chamizos, habías tenido que bordear sus murallas rojas, volcarte, sumergirte en la plaza de Djema el Fna, donde todo es posible.

Viste a los aguadores; escuchaste la percusión de los tambores; contemplaste a un santón con escorpiones por el rostro; te dejaste robar unos cuantos *dirhams* mientras contemplabas un puesto de almendras garrapiñadas cubiertas de moscas; permaneciste largo rato escuchando al anciano que relataba historias a unos niños boquiabiertos; asististe, sorprendida, al trabajo de un sacamuelas que, sin anestesia y sólo con ayuda de unas tenacillas, demostraba lo fácil que es ser un dentista sin escrúpulos; y te reíste con la pantomima de boxeo que escenificaban unos improvisados cómicos.

—Por aquí, Ada —te dijo Selim cogiéndote del brazo.

Después de descansar en el modesto hotel Tazi, situado en la rue Bab–Agnaou, Selim había ido a buscaros con una destartalada furgoneta. Y, sin poder evitarlo, recordaste la moto de Andrés. Las dos viejas, las dos casi inservibles, y ambas igualmente encantadoras.

—¿Vamos a hacer todo el viaje en este trasto? —preguntaste con cara de extrañeza.

Selim sonrió. Mejor dicho, te sonrió. Dio no sé qué excusas: que si en Marruecos había dificultades de transporte, que su empresa en ese momento no disponía de otra mejor, que intentaría cambiarla antes de partir hacia el Atlas…

A ti, en realidad, te daba lo mismo ir en aquel cacharro que en un autocar de superlujo y aire acondicionado. Hacía calor, pero no demasiado. Y además, se trataba de un viaje de estudiantes, no de altos ejecutivos como los que se hospedaban en el lujoso hotel Mamounia.

Una semana por el profundo Sur árabe.

—No te separes de mí —dijo Selim sin dejar de mirarte.

¿Se había dado cuenta de que en tus pensamientos estaba él? Más aún, ¿hacías tú algo por disimularlo?

Para alejarte de aquella idea, te pusiste a pensar en tu padre, en tu hermana, en Gaudí y en su hija Isabel. Incluso en madame Jeanson y su postal navideña de Renoir.

En aquellos momentos no querías dejarte llevar por la música, el violonchelo ni la partitura de Juan Sebastián Bach, que reposaría sola y aburrida en el atril de tu habitación de Madrid.

—¡Vamos! —dijiste poniéndote a la cabeza del grupo, como si el guía fueras tú, como si ya conocieras los intrincados senderos del zoco de Marrakech.

Mavi te cogió de la mano y ambas hicisteis de avanzadilla por aquel paisaje urbano desconocido.

Selim movió la cabeza de un lado a otro, sonriendo. Su capa oscura lo hacía ciertamente misterioso, pero se le veía identificado con aquella ciudad, su ciudad, que os mostraba a vosotros por primera vez, apartando con amabilidad, pero también con energía, a los chavales que se acercaban en busca de unas monedas, de un simple caramelo, de un cigarrillo…

Te dejaste llevar del puesto de las especias al de las babuchas, de los caftanes a la plaza de la magia, donde lo mismo se podía comprar un filtro de amor que un elixir para alejar los malos espíritus: frascos llenos de moscas verdes, de serpientes despellejadas, de cráneos de dromedarios o de ratas, de polvos de artemisa mezclada con canela, de extracto de amapola con anises…

Te reías con Mavi, bromeabas con todos, hasta que se te ocurrió una idea.

¿Qué pasaría si, de repente, te perdieras en aquel laberinto? ¿Te iría él a buscar?

La pregunta te arrebató, como si estuvieras interpretando una película romántica o, sencillamente, un *spot* de colonia en el que el simple aroma hace que dos personas se encuentren en pleno zoco.

En un descuido, soltaste tu mano de la de Mavi y, haciendo como que te interesabas por el precio de unas alfombras, regateando lo que te pedían por un bolso de piel o un pebetero, te fuiste retrasando del grupo.

No sentiste remordimiento alguno por aquella decisión. Sabías que era sólo un juego, pero que incluso los juegos hay que llevarlos a cabo con seriedad, sin hacer trampas.

Viste con cierta satisfacción cómo el grupo se alejaba entre la multitud, a la vez que sentías sobre ti un montón de miradas, incluso alguna que otra mano tratando de rozar tu cuerpo europeo, tus cabellos claros, tu piel pálida, el trasero que tanto le gustaba a Andrés, tus pecas, el nacimiento de tu pecho favorecido por un vestido escotado.

Y por tu cabeza se cruzó, como una hermosa posibilidad, la idea de pasar allí toda la semana. No atravesar el Atlas, no ir al desierto. ¿Para qué? Toda la semana en Marrakech, yendo y viniendo, confundida, entre aquella gente que sabía mirar.

Para llevar a cabo tu plan, primero habrías de transfigurarte: cubrir tu cuerpo con una túnica larga, tu cabeza con un pañuelo o, mejor, con un turbante, aunque las mujeres no llevaban turbante por ser cosa sólo de hombres. Pero a ti, que estabas dispuesta a todo en aquellos momentos, incluso te apetecía transgredir las normas. Por lo tanto, fueras hombre o mujer, llevarías ¡túnica y turbante!

Te probaste uno de color índigo en una tienda atiborrada de tejidos. El vendedor insistió en cómo debías ponértelo. La verdad es que estabas muy bella con él. Sólo se distinguían tus ojos; unos ojos que, a través de la hendidura azul, parecían magnéticos.

—¿Cuánto?

El vendedor, por pedir, pidió una barbaridad. Y a ti no te importó. Ni siquiera intentaste regatear, lo que sorprendió al marroquí, que puso cara de asombro. Esperaba alguna resistencia por tu parte, hasta el punto de que, cuando le pusiste en la mano el puñado de billetes, dudó antes de guardárselos. Hasta él mismo reconocía que aquello era un atraco.

—*Voleur, tu est un voleur; la fille c'est mon amie.*

El vendedor se deshizo en excusas en árabe, mientras Selim le arrebataba los billetes para acabar pagándole sólo con uno.

—No me gusta que engañen a los turistas —dijo el muchacho devolviéndote los *dirhams* sobrantes—. Te dije que no te apartaras de mí.

Tú no dijiste nada. Te limitaste a mirarle a través de tu turbante. Selim se sintió conmovido.

—Gracias —tu voz salió de debajo de la tela azul como un susurro.

—Vamos con los demás —dijo él antes de añadir—: Estás muy guapa, mucho.

—Gracias de nuevo.

—Anda, vamos, nos están esperando —insistió, aunque seguramente eran otras las palabras que hubiera querido decirte.

Mientras caminabas por las estrechas callejuelas al encuentro del grupo, te pusiste a juguetear con una moneda de 5 *dirhams,* plateada en su exterior, dorada en su interior. ¿Acaso no era una prueba de que todas las personas son, en realidad, dos personas, de que era imposible que existiera una moneda sin dos caras? Imposible un libro sin páginas impares al lado de las pares. Inservible una partitura si alguien no la interpretaba.

Todos somos dos, aunque parezcamos sólo uno.

Pensaste en todo lo que te hubiera gustado tener a tu lado: el violonchelo (del que Jacqueline du Pré decía que "es algo más que un trozo de madera; es algo que habla con la voz del alma...") para, allí mismo, conducir a Selim y a los demás compañeros de viaje –que te habían recibido entre aplausos y silbidos– hasta el arrebato a través de alguna de tus músicas favoritas.

¿Qué hubiera pasado de tener allí tu violonchelo? ¿Se habría paralizado la vida del zoco? ¿Te habrían ignorado o, tal vez, se habrían unido a ti con sus dulzainas y chirimías?

Por la noche, en el palmeral, viste "correr la pólvora" (esos jinetes que frenan en seco la galopada de sus caballos disparando sus rifles al aire) mientras comías cus–cús de cordero.

Por la noche viste danzar a mujeres y hombres de diversas tribus nómadas: bereberes, beduinas, del Norte y, sobre todo, del Sur.

Por la noche, bajo un cielo estrellado, Benito te invitó a brindar con él por el viaje ("no es agua de litines", bromeó, "pero puede valer"), y tú brindaste, sí, pero sin dejar de mirar a Selim, que andaba de acá para allá cuidando de que todo saliera bien.

Por la noche, en el silencio de un África que estabas empezando a amar, Mavi te sonrió desde lejos, levantando su vaso de papel antes de beber su contenido.

Por la noche, aquella noche, te acostaste pensando en si a la mañana siguiente, al siguiente amanecer, debías levantarte y montar con todos los demás en el viejo cacharro o, por el contrario, quedarte allí, en aquella ciudad mágica de la que aún te quedaban muchas cosas por conocer.

Por la noche, después de tanta caminata y de tantas impresiones nuevas, nada más cerrar los ojos para dejarte arrullar por el sueño, viste tu castillo de arena.

Y recordaste cómo en la historia que te contaba tu padre el guardián se había pasado días y meses y años preguntándose qué estaba haciendo allí. Y de repente, precisamente una noche como aquélla, había llegado a la conclusión de que la respuesta a su interrogante era aquello mismo. La respuesta no estaba en la noche: la respuesta misma era *la noche*.

De día no había peligro porque, como bien sabía, nada podía acabar con el castillo. Pero de noche era diferente, ni siquiera él imaginaba lo que podía pasar al otro lado de sus murallas de arena.

Y eso sucedió justo en el momento en que una estrella fugaz cruzó los cielos haciéndole, o haciéndote, guiños.

Entonces el guardián avanzó hacia la puerta del castillo y, sin temor a que éste se derrumbara, como suele pasar con los castillos de arena cuando pretendemos utilizarlos como si fueran de verdad, abrió…

* * *

—¡Arriba, arriba!

Benito, impaciente y bromista, iba golpeando en todas las puertas del hotel Tazi. En la tuya lo hizo con más delicadeza, pero, de todas formas, insistió hasta que respondiste que te dabas por enterada y prometiste que en unos minutos estarías con los demás en el vestíbulo.

El sol comenzaba a despuntar tras los muros de la ciudad, y la furgoneta que conducía Selim cruzaba las calles aún tranquilas, sin la agitación que horas después la envolvería por completo.

Selim, como para complacerte, o tal vez tratando de dar una impresión mejor que la del día en que había ido a buscaros al aeropuerto, había limpiado y sacado brillo a la furgoneta. Pero con eso lo único que había conseguido era que se notaran aún más las abolladuras y el óxido de la pintura saltada.

Montaste en ella con un taco de postales en las manos. Las escribirías durante el trayecto, aunque Selim te advirtió:

—Seguro que llegas antes tú a Madrid que las postales. El correo aquí no es muy rápido.

—Mejor, no tengo prisa —le dijiste buscando con la mirada un asiento.

Benito te había guardado uno a su lado. Dudaste. O atrás, con Benito, o adelante, junto al conductor.

Decidiste ir atrás, para ver de Selim tan sólo sus ojos en el retrovisor.

El guía hizo un gesto con la cabeza que ya comenzaba a resultarte familiar, para enseguida encogerse de hombros, como acusando a la fatalidad de aquella decisión tuya de sentarte lejos de él.

Benito, en cambio, estaba contento. Se había puesto un ridículo *fez* rojo, cuya borla hacía girar a cada movimiento de su cuello, y lucía en bandolera un bolso de cuero repujado que olía a cabra recién desollada.

Parecía mentira, te parecía mentira que estuvieras a punto de despedir el año cruzando unas montañas para luego, ya en el año nuevo, vivir la experiencia del desierto.

Durante el trayecto ibais cantando como colegiales en una excursión. No os importaba desentonar, a pesar de vuestros conocimientos de solfeo, y si se escapaba algún gallo, mejor aún, más divertido.

Andrés te había pedido que te divirtieras, y eso era lo que ibas a hacer, justamente eso.

Los montes Atlas estaban nevados en sus cumbres. Nieve camino del desierto. Y el calor del valle parecía haberse retirado discretamente para convertirse en un viento frío.

Sufriste un estremecimiento cuando los demás se bajaron para comprar minerales en un puesto al aire libre. Un escalofrío.

No te apeteció bajar. Selim vino a hablar contigo mientras los demás regateaban.

—¿Todo bien?

—Todo, todo —respondiste no muy segura, pues seguías teniendo frío.

—Volveremos al calor cuando descendamos. ¿Te gusta el calor?

Le dijiste que te encantaba, que en realidad habías venido desde España buscando ese calor. ¿Para qué ibas a decirle que también te gustaba la nieve?

Y entornaste los párpados para no seguir mirando aquellos ojos turbadores.

—¿Tienes sueño?

—Un poco.

—Pues aquí, en Marruecos, has de tener los ojos bien abiertos para verlo todo.

Pero, ¿es que no se había dado cuenta de que era eso precisamente lo que evitabas? Tú no querías verlo absolutamente todo, sólo el paisaje.

Intentaste cambiar de conversación.

—¿Esta noche dónde dormimos?

—En Ouarzazate.

—¿En el desierto?

—¡Oh, no! Ouarzazate no es el desierto… todavía. Nos quedan el Valle de las Rosas, el Dadés y sus gargantas de piedra; luego, Erfoud, Rissani… y las dunas.

—¿Y no podemos ir directamente?

Te sentías embargada por una impaciencia tan repentina como tu estremecimiento. Sentías que el desierto te estaba esperando, pero que te estaba esperando ya, incapaz de seguir así por mucho más tiempo.

—¿Directamente?

Selim se echó a reír.

—Ya vamos directamente, pero aún quedan muchos kilómetros.

Hiciste un gesto de decepción. Y a Selim se le ocurrió otra posibilidad:

—Tal vez, en lugar de dormir esta noche en Ouarzazate, podamos hacerlo en Kelaa M'Gouna; así estaremos más cerca, y tal vez mañana…

—¡Por favor, vamos a ese sitio que acabas de decir! —le suplicaste con cara de niña mimosa, al tiempo que jugueteabas con tu trenza.

La goma del pelo saltó entonces entre tus dedos y tu melena rojiza se desplegó sobre tu espalda.

Sentiste aquello como algo indecoroso, como si de repente te hubieras quedado desnuda ante Selim.

Y lo peor fue que él también lo debió de sentir así, pues no despegaba su negra y brillante mirada de tu cabello, de tus hombros, de tu cuerpo…

Rápidamente recogiste tu melena en la trenza pudorosa.

Por fortuna, tus compañeros, cargados de pedruscos, volvían ya al autocar.

—¿Qué os parece si pasamos esta noche cerca del río Dadés? —les preguntó Selim una vez que todos hubieron subido.

Y así fue como se decidió que aquella última noche del año la pasaríais, en lugar de en un hotel de cuatro estrellas, en una *jaima* en el Valle de las Rosas.

Bueno, unos en la *jaima*, otros en la misma furgoneta, incluso algunos al raso, en sacos de dormir.

La experiencia del desierto habíais decidido vivirla así, como nómadas, en aquellas casas de tela y piel de cabra (sus *jaimas*), y nadie puso ningún reparo en adelantarla.

Kella M'Gouna era una fortificada y aromática ciudad antigua. Las rosas, las floras, los perfumes lo invadían todo.

Unos perros sin dueño ladraban sin que nadie les prestara atención.

Por un momento recordaste cuatro rosas y un mensaje, pero enseguida lo apartaste de tu recuerdo porque la vida, tu vida, era la de aquel momento. El pasado y, sobre todo, el futuro no estaban allí, no deberían estar allí. Si querías ser tú misma en el futuro, tenías que ser fuerte en el presente.

La noche, bajo las estrellas, se convirtió para todos vosotros en algo tan especial como inolvidable.

Selim, con la parsimonia que caracteriza a los árabes, os preparó un delicioso té con hierbabuena. Al escanciarlo sobre los vasos de cristal, sólo se oyó el sonido del líquido al ser vertido. Era como si todos hubierais contenido la respiración ante lo que, en manos de Selim, era prácticamente un ritual.

Pero la noche avanzaba, aproximándose ese momento del año en el que la sociedad acuerda que las cosas han de cambiar.

No sabíais muy bien cuándo se produciría exactamente el paso de un año a otro, y todo por culpa del cambio de horario. ¿La hora buena era la española o la marroquí? ¿Cuál era la hora solar? Pero, ¿cómo se podía saber la hora del sol si era de noche?

La solución llegó, como casi siempre, de labios de Benito:

—Cuando yo golpee este perolo, serán las doce de la noche.

Unos iban a celebrarlo tomando aceitunas, a las que ni siquiera habían quitado el hueso; otros, los más precavidos, se habían traído sus uvas de Madrid, que, al sacarlas de sus envoltorios, ya parecían más bien pasas.

Tú, Ada, decidiste contar estrellas.

A cada "campanada" de Benito, te fijarías en una estrella, para rápidamente pasar a otra, y así sucesivamente, siguiendo un itinerario que, a partir de aquel momento, constituiría tu mapa secreto.

—¡Feliz año nuevo, Ada! —te dijo el muchacho marroquí antes de besarte en la mejilla.

—¡Feliz año nuevo, Selim!

—Mañana iremos a las gargantas del río y por la tarde nos acercaremos a la puerta del desierto. ¿Qué te parece?

—La verdad es que me encanta estar aquí —dijiste pensando en la alfombra que utilizarías como colchón en la *jaima*.

—A mí también me encanta que tú estés aquí… —dijo Selim con una evidente doble intención.

Sentiste que te habías ruborizado, y diste gracias al cielo porque la noche hubiera impedido a Selim darse cuenta de tu turbación.

—No creo… no creo, que olvide nunca este viaje —balbuceaste.

—Yo tampoco me olvidaré de ti —dijo él llevando su mano a tu cintura.

En décimas de segundo pasaron por tu cabeza un sinfín de posibilidades:

Levantarte y echar a correr.

Darle un manotazo.

Desviar la conversación con una broma.

Fingir indiferencia.

Dejarle hacer…

Al notar su roce, volviste a sentir frío. Y esto también lo percibió Selim.

Incorporándose, te cubrió con su capa.

"¡Peor, mucho peor!", te dijiste mentalmente, pero a gritos. "Así es como si me diera su calor, su cobijo, su abrazo más íntimo. ¿Qué voy a poner mañana en el diario? ¿Qué va a suceder cuando lea esto a mi regreso?"

¿Qué iba a suceder, Ada? No sabías lo que iba a suceder. Desgraciadamente, no tenías ni idea de lo que el destino te estaba reservando.

Por eso en aquel momento te entraron ganas de llorar.

Cogiste una de las manos de Selim, se la besaste dulcemente y sólo conseguiste murmurar:

—Por favor, no...

Benito irrumpió entonces, ajeno a lo que sucedía, al tiempo que tú te alegraste de su presencia. Selim, en cambio, la aborreció hasta el punto de recoger su capa oscura y desaparecer en la noche.

—Año nuevo, vida nueva —exclamó Benito alejándose también a toda prisa del grupo, a la vez que se bajaba los pantalones.

Era el primer retortijón de lo que sin duda acabaría siendo una típica diarrea.

"Año nuevo, vida nueva, sí...", te dijiste mentalmente mientras volvías a contemplar las estrellas, intentando reproducir su camino.

Por más que lo intentaste, fue imposible. De repente todos los senderos del cielo te parecieron iguales. Y, cerrando fuertemente los ojos, sentiste una cierta pena por no ser capaz de repetir tu secreto. Porque, de esta forma, el secreto ya no lo era ni siquiera para ti.

* * *

Como en un espejo.

—*No puedo vivir en esta nueva vida.*
—*Sí que puedes. Sólo necesitas algo en qué confiar.*
—*¿Y eso qué puede ser? ¿Un dios?*
¿Acaso un poder invisible, oculto en
algún lugar inextricable?
No, no es posible. En mi mundo
no cabe ningún dios.

Suite nº 2 para violonchelo de Juan Sebastián Bach.

Te despertaste sobresaltada. Las imágenes, las palabras y la música de la película de Bergman habían empezado a transformar tu sueño en una pesadilla. Por eso lo mejor era salir cuanto antes de allí. Despertar.

Todos, a tu alrededor, estaban dormidos. Tus compañeros, el guía, los perros de la ciudad amurallada; hasta las rosas se habían recogido en el regazo de sus pétalos.

Únicamente Benito regresaba en plena noche del campo, de detrás de unos matojos, con la cara desencajada y apretándose el cinturón; algo, sin duda, le había sentado mal y lo traía a mal traer. Pero no te vio cuando asomaste tu cabeza por la tienda de campaña.

Contemplando la noche africana, te apetecía levantarte, salir de la *jaima*, pasear en busca de tu camino de estrellas. Pero, al mismo tiempo, te sentías enormemente cansada, como si todo tu cuerpo se hubiese vuelto de plomo.

Mañana, en el primer rato de que dispusieras a solas, tendrías mucho que escribir en tu diario. No sólo acciones, aventuras, incidencias del viaje, sino también, y sobre todo, sensaciones.

Por eso, optando por la comodidad que en ese momento necesitabas, decidiste dejar todo aquello para el día siguiente.

¿Por qué aquel día? ¿Por qué precisamente aquel día? ¿Por qué precisamente a ti? ¿Por qué, Ada? ¿Por qué?

Amaneció completamente despejado, anunciando que el cielo iba a ser azul hasta la llegada de la noche.

Tú también te cubriste de azul, con aquel turbante que así, desplegado, era como un precioso chal sobre tus hombros.

—¿Queréis ver el Dadés desde arriba o desde abajo? —preguntó Selim mirando a todo el grupo, sin concretar en nadie.

—Desde arriba —dijeron unos.

—Desde abajo —pidieron otros.

—Desde donde haya papel higiénico —gritó Benito provocando una carcajada general.

—Las gargantas son impresionantes desde cualquier lugar desde el que se miren. Si os parece, primero subimos, hacéis unas fotos y luego bajamos.

La propuesta de Selim fue aprobada por unanimidad.

Y así comenzó a dibujarse tu destino, Ada. Sin que ni tú ni nadie pudiera sospecharlo.

A la vieja furgoneta le costaba trabajo remontar la pendiente. Incluso, en un momento determinado, dos compañeros tuyos tuvieron que bajar para empujarla, mientras otros colocaban unas ramas bajo las ruedas, que parecían haberse vuelto locas patinando en la arenilla y las piedras del camino.

La verdad es que la ascensión merecía la pena. La vista desde allá arriba era impresionante: la ciudad amurallada, el Valle de las Rosas, el río y los despeñaderos… Todo envuelto en una luz amarilleada por el sol.

Fuiste la última en abandonar la furgoneta. Querías colocarte el turbante tal y como te habían enseñado en el zoco de Marrakech.

A tu derecha se veía la gran garganta; enfrente, el espejo retrovisor, en el que, reflejada, intentabas envolver tu cabeza con la tela de azul índigo.

Las ruedas del vehículo se deslizaron suavemente, sin emitir el menor ruido, como si aún no quisieran desvelar su fatal propósito.

Tú te diste cuenta de que el paisaje se movía cuando viste a Selim avanzar hacia ti a través del sucio parabrisas.

Selim, te dijiste, estaba muy hermoso con aquella capa que el viento de la mañana hacía ondear levemente.

La furgoneta emitió un crujido de aviso, pero lo hizo demasiado tarde.

El freno de mano, viejo y destartalado como el resto del vehículo, saltó de pronto.

Tú no podías creer que aquello te estuviera sucediendo a ti. Era como la escena de una mala película. Sin música de Bach.

Selim reaccionó inmediatamente: se aferró al parachoques mientras llamaba a gritos a tus compañeros.

Pero el peso de la furgoneta, contigo dentro, era demasiado para él sólo.

Las ruedas no podían mantenerse quietas en aquella pendiente, y el vehículo corrió hacia el borde del precipicio.

"Tengo que saltar", te dijiste, "tengo que saltar". Pero no lo hiciste. Estabas como petrificada. Como los fósiles que Andrés andaba buscando por todas partes.

En unos segundos, en aquel primer día del año, de vacaciones, con el deseo en un regreso que prometía mucho más que las palabras de Andrés por teléfono, tú, Ada, caíste entre un alud de piedras por las gargantas del Dadés.

Caíste desde lo alto, rebotando contra los salientes, sin tiempo para pensar qué es lo que estaba sucediendo, incluso creyendo que no era cierto que aquello estuviera sucediendo.

Polvo, crujido, golpe final... silencio.

Arriba habían quedado Selim, con el parachoques en la mano, y tus compañeros de estudios –Benito, Mavi...–, sin saber qué hacer, desesperados ante la desgracia.

Abajo, muy cerca del río que continuaba su curso, ronroneante, impertérrito después de siglos de existencia, el vehículo destrozado, con las puertas reventadas.

Y tú, a pocos metros, despedida por la violencia del impacto, o acaso por la inercia de la caída, tal vez porque en el último momento quisiste salir de aquel féretro que se desplomaba en el vacío. Tú, rodeada de postales sin escribir, con el cuerpo roto y un turbante azul que milagrosamente seguía cubriendo tu cabeza, pero que, desgraciadamente, no podía impedir que te desangraras por la boca, por los oídos, por todas las heridas que habían destrozado tu carne joven.

* * *

Los latidos de tu corazón eran muy débiles. Aunque hubieras recuperado el sentido, no habrías entendido nada de lo que decían aquellas voces en un idioma extranjero.

—*Ha perdido mucha sangre.*
—*¿Qué podemos hacer?*
—*Una transfusión, lo antes posible.*
—*¡Rápido, rápido! Movedla con cuidado. No tenemos tiempo que perder. Su corazón puede detenerse en cualquier momento.*
—*¿Sabe alguien su grupo sanguíneo?*
—*Sólo sé que se llama Ada.*
—*¿Ada?*

Del techo colgaba una lámpara protegida por una pantalla circular metálica, en la que las moscas habían dejado sus abundantes huellas.

Las manos del médico temblaban. Lo habían sacado de una fiesta familiar y aún no sabía exactamente a lo que tenía que enfrentarse. La chica que yacía en su camilla vestía como europea, pero llevaba turbante.

Estaba desconcertado, sobre todo porque temía que no salieras de aquélla, que te quedaras en su improvisado quirófano…

Llegado el caso, ¿tendría que operar? Por eso, todas sus oraciones a Alá iban encaminadas a que la sangre que pasaba del recipiente recién extraído de la nevera a tu brazo te mantuviera con vida.

—*Por favor, señorita, no me haga esto, no se me muera. Respire, respire tranquilamente. ¿Me oye? Dígale a su corazón que tiene que seguir latiendo, que no se pare. Dígaselo, ¡por el Profeta!, no se me muera…*

De repente abriste los ojos, como impulsada por una orden interior. Fue sólo un instante, porque inmediatamente después los volviste a cerrar. Tal vez no viste dónde te encontrabas, ni con quién, y mucho menos en qué situación. Pero abriste los ojos y tu mirada quedó prendida para siempre en las paredes de aquel pequeño hospital, un primer día de enero.

Afuera, Benito paseaba nerviosamente de un lado para otro.

Mavi, la primera que bajó a socorrerte, la que te hizo la respiración boca a boca con la esperanza de que volvieras rápidamente a la vida, lloraba desconsoladamente en silencio.

Selim se mordía la rabia mirándose las manos heridas por el metal del parachoques, sucias de sangre y tierra.

A Benito le hubiera gustado gastarte una broma para hacerte reír, decirte que ya no tenía el vientre suelto, o que, por el contrario, se lo acabaría haciendo patas abajo.

Selim pensaba que, de haber estado a tu lado, te habría echado su capa sobre el cuerpo, para que no sintieras el frío de la vida que se te escapaba.

Mavi permanecía con la mirada fija en la pared, inmóvil, sintiendo aún el roce de tu mano por las calles del zoco.

Y tu pregunta, desde entonces, también a mí se me repite. La misma pregunta que, sin duda, les surgió a todos ellos en aquel instante; una pregunta común, desoladora:

¿Por qué entonces? ¿Por qué a ti? ¿Por qué precisamente a ti? ¡Maldita sea! ¿Por qué?

Y entonces, Ada, quiero creer que, desde tus ojos cerrados, apagada tu mirada exterior, en la oscuridad de tu noche íntima, te pusiste a buscar el verdadero camino de las estrellas.

Cuarto Movimiento:
MUY SOLEMNE, PERO SENCILLO

"Lo que ha sido creado
deberá perecer
y lo que ha perecido
renacerá.
Cesa de temer.
¡Prepárate a vivir!"

Qué te queda de todo aquello? Mucho y poco. O tal vez muchísimo y poquísimo a la vez.

El médico de aquel perdido rincón del mundo consiguió devolverte a la vida y tu recuperación fue tan rápida que sorprendió en gran manera a los que habían pronosticado una larga convalecencia.

—Es una chica fuerte, muy fuerte. ¡Y se le nota que tiene tantas ganas de vivir…! Sin duda tiene una razón para vivir.

En realidad, el accidente sólo quebró unos huesos de tu brazo izquierdo y de tus costillas, mientras que la sangre de la cara procedía casi toda de una ceja rota.

Desde aquel día, Ada, cuando te miras en el espejo, ves tu ceja partida en dos, con una pequeña cicatriz que se prolonga ligeramente hacia el lagrimal.

Tu primera pregunta, al verte escayolada, fue si aquello te impediría volver a tocar el violonchelo.

—No se preocupe —el médico te tomaba el pulso con una sonrisa de circunstancias—, dentro de unas semanas estará usted estupendamente.

Pero te lo decían con la boca chica, porque sabían que una cosa eran las secuelas físicas y otra que superases la impresión, que te vieras largamente afectada en tus recuerdos, en tus sentimientos, en tu propia experiencia.

Sin embargo, con una fortaleza que siempre has sabido en los momentos de mayor dificultad, fortaleza a la que uniste tus enormes ganas de reincorporarte al mundo, pocas semanas después ya estabas paseando por Madrid.

—Fuerte, muy fuerte, una razón para vivir…

Sin duda a aquella recuperación te ayudaron Benito, Mavi y los demás compañeros del Conservatorio con su amable dedicación. Te ayudó Selim, con sus cariñosas cartas (una iba perfumada con agua de rosas; en otra había metido un puñado de arena del desierto…, ese desierto que no llegaste a ver y que se había convertido en una próxima cita a la que algún día acudirías).

Te ayudaron Berta y tu padre ("Ponte buena y no volveré a fumar, te lo juro."), las llamadas de Gaudi e Isabel ("Te esperamos pronto para continuar las clases.").

Pero sobre todo te ayudó el pensamiento de que Andrés no tardaría en estar junto a ti.

Tu hermana lo buscó por todas partes, hasta dar con él.

Y Andrés, sin pensárselo dos veces, pidió un permiso y lo dejó todo para correr a tu lado.

—¿Y tus bicharracos? —le preguntaste mientras cogía tu mano entre las suyas.

—Que esperen…

—¡Pues que esperen!

—Pero, ¿cómo se te ocurrió tirarte por aquel precipicio? ¿Querías volar o qué? —bromeó.

—Quería llegar cuanto antes a tu lado. Y, ya ves, lo he conseguido.

Durante los días que estuviste en observación, después del traslado a Madrid en un avión especial que cubría la compañía de seguros, no tuviste esa sensación de batas blancas y olor a medicinas que suele agobiar a los enfermos.

Te lo tomaste como una pausa en tu vida, como un descanso que, sin haberte dado cuenta hasta entonces, empezabas a necesitar.

—Doctor, ¿cuándo me iré a casa? —era la machacona pregunta que le hacías cada vez que entraba en tu habitación.

—Pronto —te decía encogiéndose de hombros, como resignado y a la vez consciente de que, en tu caso, era verdad que muy pronto estarías en disposición de abandonar el hospital.

Tu casa. Volver a ver sus paredes, los detalles de tu cuarto, el violonchelo que descansaba aguardando tu llegada, te causó una sensación más bien inquietante. ¿Por qué?

> Hoy, después de lo que me parece una eternidad, he vuelto a casa. Tenía muchas ganas de hacerlo, pero la impresión me ha sorprendido. Ha sido como si, en cierta medida, hubiera visto algunas cosas por primera vez. O, lo que es más extraño, como cuando en un sueño paseas por un sitio que estás segura de conocer, pero sin saber exactamente cuál.
>
> Lo mismo me sucede con este diario. Tengo ganas de escribir cosas en él –¡me han sucedido tantas desde que escribí la última página!–, pero a la vez me siento sin fuerzas. Incluso diría que he perdido el interés, ya que no quiero convertir este cuaderno en un recordatorio de hechos o de anécdotas. Este diario nació para expresar mis sentimientos, y ahora estos sentimientos los tengo todos centrados en Andrés.

Entonces, ¿para qué escribir lo que sencillamente puedo vivir?

Poco a poco fuiste interesándote por el trabajo de Andrés, y él por el tuyo. La música y la paleontología, en principio, tenían muy poco en común, aunque, pensándolo bien, la relación entre ambas podría acabar siendo evidente: sin los fósiles de antaño no hubiera sido posible la evolución de las especies, y mucho menos pasar del hombre de Cro–Magnon a Mozart, Prokofiev o Mahler...

Una tarde, paseando por las inmediaciones del Palacio de Cristal del Retiro, entre los mirlos y las ardillas juguetonas que no parecían sentir el frío del invierno, empujaste a Andrés suavemente contra un árbol y te apretaste contra él.

—¿Qué haces? —preguntó Andrés, sorprendido por aquel gesto, casi avergonzado, pudoroso ante el paso de una pareja de ancianos.

—Quererte, ¿te parece mal?

—Me parece bien, pero...

Aquel "pero" no te agradó. Era como echar una gota de agua fría en una sartén de aceite hirviendo: no iba, ciertamente, a bajar su temperatura, pero la hacía chisporrotear por unos instantes.

—Pero, ¿qué?

—Todavía estás convaleciente. No es el momento, Ada, ni el lugar.

—¿El momento de qué? ¿El lugar para qué?

Y antes de que continuara diciendo tonterías, tonterías que no querías escuchar, le cerraste la boca a besos. Besos casi desesperados, como si sintieras que se te estaba escapando algo.

—Te noto un poco cambiada —señaló luego Andrés, mientras os dirigíais cogidos de la cintura hasta su moto, aparcada en una calle vecina.

—Por supuesto, ¿es que no lo ves? Tengo la ceja rota

Y también podías haberle dicho que tu brazo izquierdo aún se resentía un poco cada vez que hacías un gesto brusco.

—Me encanta tu ceja partida. Es, ¿cómo te diría yo…?

Y Andrés se te quedó mirando, a la vez que recorría dulcemente con sus dedos tus dos cejas, ahora tan distintas.

—… Es… muy sexy.

Te echaste a reír.

—Eso mismo dice Mavi: que resulto más atractiva con esta cicatriz.

—¿Mavi? ¡Y con qué derecho! —protestó Andrés bromeando.

—¿Es que sólo vas a poder echarme piropos tú? Además, ¿sabes lo que es sexy? Mira…

Y te pusiste a caminar delante de él, contoneándote. Inmediatamente sentiste su mirada en tu espalda, bajando lentamente de tus hombros a tu trasero.

—Tienes razón, tu culo es mucho más sexy que tu ceja.

Andrés extendió su mano para tocártelo, pero tú, siguiendo el juego, echaste a correr como una niña de diez años.

Al llegar a la moto, Andrés te besó con pasión, como no lo había hecho desde tu accidentado regreso.

Tú lo miraste extrañada, pero complacida.

—Pareces Atila. ¡Qué devastador! Lo arrasas todo…

—Puestos a metáforas, tú pareces Ondina, la diosa de las aguas, húmeda, profunda, acogedora…

—¿Yo soy todo eso? —coqueteaste jugueteando con tu trenza.

—Eso y mucho más.

Os volvisteis a besar en plena calle, ajenos a los coches que pasaban; uno incluso hizo sonar su claxon en señal de admiración.

El invierno de Madrid nunca fue para ti tan cálido.

* * *

—¿Qué es esto? —te preguntó Andrés cuando le mostraste la cartulina.

—Una invitación.

—Ya lo veo, pero, ¿una invitación para disfrazarse?

—La semana que viene es Carnaval, y la mejor fiesta de todo Madrid es la del Círculo de Bellas Artes.

Andrés no se había disfrazado en su vida. Tú, muchas veces. De pequeña, en las fiestas del colegio, o en casa, con Berta, para dar una sorpresa a vuestros padres. Una vez os disfrazasteis del Gordo y el Flaco; otra, de Fred Astaire y Ginger Rogers. Aunque la más impactante fue cuando os vestisteis de Esmeralda y Quasimodo, la bella cíngara y el monstruo jorobado de Notre Dame.

—¿Quién hizo de monstruo? —te preguntó Andrés con ironía.

—Adivínalo.

Quedasteis finalmente en que él iba a ir disfrazado de Atila, el rey de los hunos. Y tú, naturalmente, de Ondina.

Tu padre estaba que no cabía en sí de gozo por tu recuperación.

—¡Eso es, sal, mi niña, diviértete! —exclamó encendiendo un cigarrillo.

—¿Otra vez fumando?

—Es que estoy contento —se excusó poniendo la cara de un chaval que es sorprendido en una falta.

Lo dejaste por imposible.

Berta te ayudó a confeccionar el disfraz e Isabel te prestó algunos detalles adicionales de un traje de hada que le habían traído los Reyes Magos: unas alas transparentes y, por supuesto, la varita mágica.

El Círculo de Bellas Artes había instalado en el exterior del edificio una gran escalinata, por la que se accedía a la fiesta.

Desde la calle se podía ver, subiendo por los escalones, a nobles y doncellas, a monstruos y a princesas, a personajes de otros países, de otras culturas, de libros inmortales: el capitán Garfio de la mano de una esquimal, Robinson Crusoe con lady Macbeth…

Andrés había alquilado su disfraz en una casa que trabajaba para el cine y el teatro. La verdad es que, bajo su peluca, con su bigote mongol y sus ojos pintados, en poco se parecía al chico maravilloso de París. Aun así, resultaba atractivo, con su casco metálico, su escudo y su espada al cinto.

De tu disfraz sólo temías el frío que pudieras coger en la moto hasta llegar al Círculo. Te echaste un abrigo sobre los hombros.

Pero Andrés tuvo el detalle de ir a recogerte en taxi.

—¿Te imaginas a Ondina y a Atila en moto?

—¿Te imaginas que alguien puede llegar a creer que el cacharro que tú tienes es una moto?

El baile de disfraces, que en el Círculo se llamaba Baile de Máscaras, había estado más de treinta años sin celebrarse. Pero desde 1985 había renacido con todo su esplendor.

La multitud que llenaba la sala de baile, con sus columnas y su cúpula semejante a la de un templo pagano, recordaba en cierto modo los carnavales que debieron de tener lugar en la serenísima ciudad de Venecia en los tiempos de Casanova.

Muchos llevaban antifaz, lo que daba un aire de cierto misterio. Y los que no, apenas lo necesitaban con sus pelucas, los maquillajes y las caretas. *Baile de Máscaras.*

Aquella noche, Ada, llevabas el cabello suelto, cayendo como una cascada rojiza sobre tu vestido blanco. Como un hada.

Sería la última vez. Pero tú aún no lo sabías.

Sin embargo, ¡te quedaba tan poco…!

¿Por qué a ti? ¿Por qué tan joven? ¿Por qué?

Bailasteis el vals como si estuvierais en los salones de Sissí. Y el merengue como si aquello se hubiera convertido de repente en el Caribe.

Las parejas, incluso las que se habían formado allí mismo aquella noche, se besaban por los rincones en una especie de ritual donde todo parecía permitido.

Bebisteis más de la cuenta. Sobre todo Andrés, al que nunca habías visto con una copa en la mano. Aquella noche probaba de todo, en una barra libre que invitaba al exceso.

—Se te está trabando la lengua —dijiste al advertir que no era capaz de expresarse con claridad.

—¿Que se me lengua la traba? —exageró besándote en el cuello.

—Anda, ve a refrescarte un poco —le sugeriste conduciéndole al lavabo.

Aprovechaste para ir tú también al servicio, pero, al regresar al baile, no lo encontraste.

Después de esperar unos cuantos minutos, preguntaste al que en ese momento salía del lavabo si había visto al rey de los hunos.

—No, sólo están Rambo y Cupido.

Buscaste entre los confeti, las serpentinas y los globos de colores.

Un payaso de cara blanca te echó un piropo, al tiempo que la Estatua de la Libertad te invitaba a bailar un bolero.

Tú seguías buscando a Andrés. La pista te la dio el Ratón Mickey:

—He visto a alguien meterse por ahí.

Se trataba del salón de billar, donde, durante el día, los aficionados al taco y a las bolas de marfil hacían sus carambolas en abierta competición con los demás socios.

Ahora los tapetes verdes estaban cubiertos de bolsos y abrigos. Y debajo de la mesa se aglomeraban los zapatos de aquellos bailarines que habían decidido sustituirlos por cómodas playeras.

—Andrés…, ¿estás ahí?

Un soplido te hizo seguir el rastro. Sentado en el suelo, en un rincón, con la espalda apoyada contra la pared, espatarrado como un muñeco de trapo, con las piernas debajo de la última de las mesas de billar, estaba tu Atila, muy pálido.

—¿Te encuentras bien?

Andrés se echó a reír, con una risa bobalicona, como la que le solía dar a Berta cuando estaba con el fumete.

—Siéntate a mi lado.

Le obedeciste. Estabas cansada después de tantas horas de baileoteo, y además deseabas que reclinara su cabeza sobre tu regazo.

—Se está muy bien aquí —dijo Andrés suspirando y entornando los ojos—. ¡Eres tan cálida!

—¡Y tú tan bobo! ¿Por qué has bebido tanto? ¿Cómo volveremos ahora a casa?

—No quiero volver a casa. Esta noche no. Quiero que esta noche dure eternamente, esconderme contigo, encerrarme dentro de ti…

Intentó desabrocharte el vestido de Ondina, pero sus manos estaban tan torpes como su lengua.

Hasta vuestros oídos llegaba, atenuado, el sonido de la música. Tal vez os estabais perdiendo algo interesante en aquel Baile de Máscaras. Pero, en el fondo, ¡qué más daba! Estabais juntos, solos y abrazados.

De repente, como en los *flash–backs* de las películas, en rápida sucesión, aparecieron ante tus ojos cerrados las imágenes del reciente pasado: la bombilla del quirófano, el retrovisor de la furgoneta, la capa de Selim, el té con hierbabuena, tu mirada hacia el cielo buscando el camino de las estrellas…

Besaste a Andrés, dormido en tus brazos como un bebé, con la peluca desencajada, el bigote medio despegado y la espada doblada en ángulo recto junto a sus piernas.

Pensaste en lo dulce que era su amor, aquel amor. Y en lo hermoso que hubiera sido que os fundierais en uno solo.

El rey de los hunos estaba completamente sopa, medio roncando.

También tú caíste en el letargo. No vendría mal una cabezadita para recobrar fuerzas y poder seguir hasta el final. Luego, reanimarías a Andrés y la diosa de las aguas se entregaría al amor del bárbaro guerrero. Pero eso luego, después del necesario reposo.

¿Recuerdas qué disco sonaba en aquel momento?

Frank Sinatra cantaba: Mi *razón de vivir*.

* * *

—Pero, ¿qué hacen ustedes aquí?

La señora de la limpieza se había llevado un susto de muerte al veros tirados por el suelo, al fondo del salón de billar, acurrucados bajo una de las mesas.

—Perdone, nos hemos dormido. Ya volvemos a la fiesta…

—¿Qué fiesta? Aquí ya no queda nadie.

—¿Cómo que no queda nadie? —preguntaste zarandeando a Andrés, que abrió unos ojos como platos.

—¡Como que la fiesta hace ya un buen rato que acabó! Yo he venido a adecentar esto un poco, dentro de lo que cabe —dijo la mujer estrujando la fregona en el cubo.

—¿Qué hora es? ¿Las siete? ¿Las ocho?

—¡Se ve que han cogido una buena tajada! —murmuró la mujer alejándose hacia el Salón de los Espejos—. Son más de las diez.

Las diez. ¡Qué barbaridad! Las horas habían pasado sin daros cuenta, sin que nadie se diera cuenta de que estabais allí; y si lo habían advertido, ¿a quién le importaba?

En la calle había ya poca gente.

Echasteis a andar camino de la Puerta del Sol, sin reparar en que ibais disfrazados hasta que observasteis que la gente se fijaba en Atila. Ondina iba más disimulada bajo su abrigo de paño.

—¿Te apetece un chocolate con churros? —preguntó Andrés sintiendo el estómago vacío.

—¿Chocolate *liégeois* con churros? —preguntaste con cierta ironía.

—¡Ah, ya, la señorita sólo toma té! Perdone, no me acordaba...

—Pues no señorito... Ahora me apetece un chocolate con churros.

En San Ginés nunca cerraban, y su chocolate era famoso en todo Madrid: espeso, humeante, aromático y calentito.

Mientras os entonabais con el chocolate, sin mediar prácticamente palabra, mirándoos como si fuera la primera vez, sonriendo, reparaste en un cartel que anunciaba una manifestación para la próxima semana no lejos de allí, en la plaza Mayor.

Su mensaje se estaba grabando en tu memoria cuando, de repente, tu mano comenzó a temblar y la taza se fue al suelo haciéndose añicos.

—¿Qué te pasa? —preguntó Andrés, alarmado.

—Nada, no es nada, ya se me pasa —dijiste sintiendo cómo la frente se te perlaba de sudor—. Nada...

—Apóyate en mí.

Al hacerlo, notaste como si, de repente, las fuerzas te hubieran abandonado. Le echaste la culpa a la resaca.

Andrés te acompañó hasta casa, pero tú no le dejaste subir.

—Gracias, ya estoy bien.

—¿Seguro? Te llamo luego.

—Como quieras.

No tenías ganas de hablar; sólo de descansar, de volver a encontrarte bien.

Por si acaso te hubiera sentado algo mal, te preparaste una manzanilla, pero, al beber los primeros sorbos, sentiste arcadas y hubiste de dejarla. Lo mejor era que te tumbaras en la cama. Y echar la persiana para que apenas entraran unas rayas de luz.

Poco a poco fuiste sintiendo cómo las fuerzas volvían a tu cuerpo. Y así, cuando Andrés llamó, tú ya te encontrabas estupendamente.

Hasta que te habló de su próximo viaje. Otra vez se iba. Como siempre, como casi siempre.

Se extendió en pormenores: el tipo de fósiles que andaban buscando, el equipo del profesor no–sé–quién, las excavaciones de no–sé–dónde, etcétera, etcétera, etcétera.

—Será por poco tiempo, te lo prometo.

—Bueno…

—¿Me esperarás?

—Claro…

Nada más colgar, volviste a la cama y te cubriste con el edredón, pues el frío de la mañana aún no te había abandonado. Volviste a sentirte cansada, muy cansada; cansada de vivir, de aguantar a Andrés, de tener que estar pendiente de tu padre, de tu hermana, de ti misma… Luego, muy lentamente, con gran dificultad, tratando de dominar el castañeteo de los dientes, te quedaste dormida.

* * *

Días después, ya mucho mejor, la memoria te llevó hasta allí. No se había borrado de tu cabeza la convocatoria que habías visto anunciada en la chocolatería.

La Plaza Mayor acogía aquella tarde a todos los que quisieran protestar contra la discriminación, contra el racismo, contra la xenofobia.

—Me encantan los negros, los blancos, los amarillos, los extranjeros —dijiste contemplando aquellos rostros de piel diferente que parecían llevar en sus miradas el peso de la soledad y del sufrimiento.

La estatua a caballo del rey Felipe III parecía indiferente a lo que cerca de mil personas expresaban con el deseo de que la sociedad cambiase un poco.

"Nos une lo que nos diferencia", decía una pancarta.

"Si al arco iris le quitases un color, ya no sería tan hermoso", rezaba otra.

"Sea cual sea tu idioma, hablas mi lengua", proclamaba una tercera.

Un orador español dio paso, en un improvisado escenario al que conducía una escalera de aluminio, a otro árabe que habló del Magreb, de lo que España representaba para ellos, de lo que ellos deseaban hacer por España.

Te agradaba estar allí; te ilusionaba saber que aquellos que menos tenían podían ser también tus amigos. Acariciaste, disimuladamente, la cicatriz de tu ceja.

No lejos de allí, unos cabezas rapadas con cadenas esperaban la mínima oportunidad para armar jaleo y, posiblemente, arremeter contra los allí congregados.

Tú, Ada, sentiste una rabia incontenible. Aquellos extranjeros que habían salvado tu vida, que habían dado su sangre por ti, eran tus amigos, tuvieran el pasaporte que tuvieran, se expresaran en la lengua en que se expresaran.

En cambio, aquellos compatriotas, alguno seguramente hijo o nieto de emigrantes, por el simple hecho de haber nacido en tu ciudad, demostraban con su intransigencia que jamás deberían haber salido del zoológico.

—¡Hola! —dijo una voz conocida a tus espaldas.

Mavi, con una pegatina en el pecho que indicaba que era una de las organizadoras de la concentración, te sonreía.

—¡Hola!

—Me alegro de verte por aquí.

—Leí el anuncio y...

—Me alegro mucho de verte por aquí —insistió Mavi sin prestar demasiada atención a tus palabras, sólo a tus ojos—. ¿Tienes prisa?

—No, ¿por qué?

—Por charlar luego un rato. Ahora tengo que echar una mano a los compañeros. A ver si podemos evitar que haya líos con ésos —dijo señalando a los cabezas rapadas.

—Si quieres, te puedo ayudar —sugeriste con cierta timidez, pues la verdad era que no tenías ni idea de cómo podrías enfrentarte a la violencia, si es que se desencadenaba.

Mavi te echó un brazo por los hombros, al tiempo que con el otro te mostraba a los allí reunidos:

—Gracias. Mira —dijo señalando a los congregados—. Todos son mis amigos. De cualquier color, de cualquier idioma.

—También lo son míos, Mavi.

—Es verdad —dijo evitando que la nube negra del recuerdo borrara su sonrisa—, pero eso ya está lejos. Te encuentras bien, ¿verdad?

Y te miró fija y profundamente a los ojos. Sentiste una turbación que sólo supiste vencer con una carcajada nerviosa.

—¡Claro que sí! ¿No se me nota? Mejor que nunca. ¿Vamos?

Te agradó que te colocaran una pegatina en el pecho con un eslogan antirracista. Te agradó sentirte capaz de hacer algo por los demás, por alguien hasta ese momento desconocido.

Fue en la plaza del Conde de Barajas, ¿o tal vez en Puerta Cerrada?

Un autobús de la Cruz Roja pedía donantes de sangre.

—¿Vamos? —te preguntó Mavi con la ilusión de que participaras de aquel gesto.

—De acuerdo, vamos —respondiste muy segura de que, si un día la sangre de otros había salvado tu vida, tu sangre podía salvar la de cualquier otra persona.

Tumbada en la camilla, mientras abrías y cerrabas la mano, tuviste la absoluta seguridad de que aquello que hacías estaba bien.

Tenías una sensación de ligereza, como sin duda deberían de sentir los santos cuando levitaban. Pero la sustituiste por una sonrisa al pensar en lo que habría dicho Benito de Mavi al verla en la camilla de al lado, con una camiseta sin mangas, dejando ver el rizado vello de sus axilas, tan pronto con los ojos cerrados como abriéndolos para mirarte.

De repente supiste que podrías llegar a ser su amiga, tal vez esa amiga que nunca habías tenido realmente. Y, lo que era mejor, que no sólo era posible, sino que incluso te apetecía.

Sentiste dos sensaciones contrapuestas: el agradecimiento y la furia. La furia del amor que iba y venía como una serpiente, y el agradecimiento por una amistad que podía estar llamando a tu puerta.

Tal vez una amistad era más segura que un amor. En un amor siempre se exige (que estés a mi lado, que no me dejes, que vuelvas pronto, que no te vayas nunca más…); en una amistad se da. ¿O es al revés?

¡Qué más daba! Cuando acabaras de donar tu sangre, hablarías con ella, le darías las gracias por su gesto en el Dadés, le dirías que… Te entró una especie de sopor y pensaste que lo más importante era que en aquel momento te sentías estupendamente bien.

Más tarde, ya en tu habitación, observada por el violonchelo mudo y la fotografía de Jacqueline du Pré, con tus ojos azul marino fijos en la partitura de Bach, te pusiste poética y pensaste que tu vida era como un sueño.

Que si alguien la convertía en una novela, dirían que el escritor tenía demasiada imaginación; porque una no se puede enamorar en París, estar a punto de morir en Marruecos, disfrazarse en Madrid, vivir para la música y compartir los fósiles, todo a la vez.

Respiraste llenando tus pulmones de invierno, deseando volver cuanto antes al Conservatorio, alquilar un apartamento (algo que ya casi habías olvidado, pero que en ese momento se te antojó de máxima prioridad), invitar a cenar allí a Andrés (cuando volviera, claro), con velas incluidas, tu música especial (Bach, Sinatra, Brassens), los cojines por el suelo, el beso, la precaución, el deseo, el estremecimiento…

* * *

Berta te informó de que había cambiado de novio. Al mago lo había dejado haciendo sus juegos de manos para enamoriscarse ahora de uno de tantos estudiantes de Derecho, aficionado a los vídeo–juegos.

Tu padre tenía pensado ir a visitar a unos primos de Palencia, y vosotras lo animasteis para que así saliera un poco de casa.

Benito te llamaba de vez en cuando dándote noticias del Conservatorio y deseando tu pronto regreso a clase.

Selim te escribió un par de veces, rematando sus postales con unas sentencias muy filosóficas, que parecían extraídas del Corán:

"Cuando las personas sufren, sueñan con el Paraíso. Pero el mismo camino que nos conduce a él es ya el Paraíso".

A ti, aquellas frases no te recordaban precisamente al profeta Mahoma, sino a alguien cuyo nombre también comenzaba con aquellas tres primeras letras: Mahler.

Tenía una sinfonía, la segunda, titulada *Resurrección*, en la que el coro cantaba algo parecido.

Lo habías decidido: aquel año que acababa de comenzar iba a ser decisivo para ti y para tu música.

Telefoneaste a Gaudi para comunicarle que esa misma semana pensabas reanudar las clases con Isabel.

—¡Qué casualidad que hayas llamado! —te dijo en un tono que te resultó más seco que nunca—. Estaba a punto de llamarte yo.

Quedasteis en que irías esa misma tarde y, aunque antes de colgar te dijo que estaría ella sola en casa, creíste que, por no variar, se refería a Isabel.

Sin embargo, cuando aquella tarde llamaste a su puerta, exactamente a las siete menos tres minutos (miraste el reloj para comprobar que habías sido puntual), fue ella quien te abrió la puerta.

—Pasa, por favor.

Presentiste que algo no funcionaba bien. Se la notaba preocupada. Seguramente Gaudi quería cancelar las clases. Tendría problemas económicos y... ¡Pero bueno, ya saldrían otros alumnos!

—Siéntate, te lo ruego. ¿Te apetece tomar algo? ¿Un café? ¿Un té?

—Un té, gracias.

Nunca habías visto a Gaudi tan ceremoniosa. No es que con aquel ofrecimiento se hubiera vuelto de pronto simpática, pues, por su carácter, nunca lo sería; simplemente intentaba ser amable, aunque se le notaba demasiado el esfuerzo que estaba haciendo para conseguirlo.

Aquella tarde, Ada, estabas muy hermosa, con tu trenza pelirroja, tu vestido oscuro, tus ojos de un azul casi tan intenso como el del turbante que guardabas en recuerdo de tu buena suerte.

Habían dicho que el turbante te había salvado la vida, que, gracias a la tela, tu cabeza no se había golpeado directamente con las rocas; y ahora el turbante colgaba en una percha de tu habitación, junto a un kimono que solías utilizar de batín y una gorra parecida a las de los jugadores de béisbol.

—Dime, ¿pasa algo?

Gaudi, dado su trabajo de enfermera, solía llamar a las cosas por su nombre, utilizando palabras directas, sí, pero procurando hacerlo a la vez con un tono de naturalidad para que sus pacientes no se alarmasen.

Pero contigo no sabía cómo empezar.

—El otro día donaste sangre, ¿verdad?

Asentiste, preguntándote qué tendría que ver aquello con las clases de violín.

—La verdad es que ha sido un cúmulo de casualidades... Tengo una amiga en Hematología, pasé por allí a saludarla, vi tu nombre en un expediente y...

Gaudi hizo una pausa para tragar saliva.

—… Toda la sangre que se dona desinteresadamente es analizada. La tuya también…

—¿Qué le pasa a mi sangre? —preguntaste alarmada.

—No se trata de una enfermedad, no es eso…

Gaudi intentaba suavizar sus palabras, sin saber muy bien cómo.

—… Además, la ciencia está trabajando insistentemente en ello y tarde o temprano, esperemos que sea lo antes posible, acabará encontrándose una solución, ya lo verás.

Palideciste por momentos. Seguías igual de hermosa, pero tu rostro cada vez se asemejaba más al de una figura de cera. Incluso tus pecas se fueron difuminando en tus mejillas.

—Ha de hacerse algo, y pronto. No estás sola; en el mundo hay diecisiete millones de personas como tú. Puedes, y debes, llevar una vida normal; lo único que tienes que hacer es cuidarte, someterte a un análisis cada seis meses, seguir un tratamiento…

Todavía no se había pronunciado la terrible palabra; probablemente ni siquiera se te había ocurrido aún.

Te estabas preguntando qué era lo que trataba de decirte aquella mujer con tantos rodeos. ¿De qué te hablaba? Más aún, ¿se estaba refiriendo realmente a ti?

—Has de anotar cuidadosamente tu peso y tu temperatura, evaluar los marcadores de la infección de los linfocitos T4 y T8, de la antigenemia p24, de la microglobulinemia, de…

Gaudi estaba cayendo en el error profesional de hablarte con tecnicismos de algo que se podía resumir en una sola palabra.

—Dime qué tengo.

—Ada…

Y Gaudi hizo una pausa para mostrarte el resultado de un análisis.

—… Esto seguramente tiene que ver con tu accidente; hemos intentado saber qué sangre recibiste y…

—¿Y...? —preguntaste con un hilo de voz.

—Ada, cariño.

Gaudi, en un gesto de ternura que te estremeció, como haría tu padre, cogió una de tus manos como si no quisiera soltarla nunca más y por fin se atrevió a decir:

—Ada, eres seropositiva.

Te habló y te habló, quizás porque no sabía cómo concluir; acaso porque quería tranquilizarte ofreciéndote datos sobre tu situación ("no es una enfermedad; pasará mucho tiempo sin que lo notes siquiera; las investigaciones van por buen camino..."); o tal vez porque deseaba que la sintieras a su lado, como una amiga, y no sólo como la madre de la niña a la que, hasta ese momento, habías dado clases de música.

¿Por qué yo? ¿Cómo sucedió? ¿Qué voy a hacer? ¿Qué va a ser de mi vida?

—Sólo hay dos formas de contagio: la sexual y a través de la sangre.

En tu mirada azul volvió a reflejarse la bombilla protegida por una pantalla circular metálica manchada de excrementos de mosca.

Y te pareció volver a sentir el vértigo que se había apoderado de ti mientras caías por el terraplén.

—Ya sabes que me tienes para todo lo que necesites —te dijo Gaudi mientras tú, como una autómata, te dirigías hacia la puerta.

Lo que tú querías en esos momentos era estar sola, completamente sola, sin palabras de aliento, sin caridad, sin la piedad de los demás. Sola.

Cuando saliste de la casa, faltaban quince minutos para las ocho. El reloj de una iglesia cercana dio los tres cuartos. Tres cuartos de hora para que tu vida hubiera cambiado por completo.

¿Para eso, para llegar a esa cruel situación, habías tomado y hecho tomar todas las precauciones posibles cada vez que estabas con Andrés?

¿Ésa era la justicia invisible del más allá? Podías incluso preguntarte si existía el menor asomo de justicia en aquella sentencia.

Tenías la sensación de que, a partir de aquel momento, nadie te podría comprender, nadie te podría ayudar.

En cerca de una hora de monólogo (Gaudi había hablado ella sola casi todo el tiempo), ni una vez siquiera había pronunciado la palabra SIDA. Te había dicho algo del VIH, que eras seropositiva, que todavía no estabas enferma, que... Pero tú sabías que todo aquello conducía inexorablemente hacia la plaga del siglo XX: el SIDA.

Mientras avanzabas por una calle cualquiera de Madrid, sin ver a la gente, cruzando los pasos de cebra como una autómata, te pusiste a llorar.

Llorabas de tristeza, de rabia, de desesperación, de impotencia. Y te decías que, para acabar así, mejor hubiera sido morir en las gargantas del Dadés. Reventar de una sola vez, teniendo al menos como recuerdo el camino de las estrellas.

* * *

El tiempo que siguió a la revelación fue una verdadera tortura. Te mirabas en el espejo, esperando encontrar las primeras huellas de aquello que estaba dentro de ti. No te consolaba el que varios millones de personas estuvieran en tu situación; incluso te indignaba aún más.

¿Por qué nadie hacía nada? ¿Por qué se gastaba tanto en armas, en carreras espaciales, en electrónica e informática mientras la humanidad estaba padeciendo una plaga que, desde las del medievo, no tenía parangón en la historia? ¿Por qué...? ¿Por qué...?

—Soy demasiado joven —decías mientras pasabas la punta de tus dedos por las mejillas, por el perfil de tus labios, por la ceja partida, por los párpados—, demasiado joven para...

Querías huir hacia delante. Y si bien tenías muy claro lo importante que era volver cuanto antes a clase –tu música, tus compañeros, tus ilusiones prendidas de las cuerdas del violonchelo–, lo que más te atormentaba era cuándo y a quién debías confesar tu enfermedad.

De momento, encerrada en tu habitación, no querías hablar con nadie.

Tu padre se preocupó:

—Mi niña, ¿te pasa algo?

Tu hermana se lo tomó más a su manera:

—Habrá discutido con Andrés; déjala en paz. ¡Son cosas que pasan!

Desde la fiesta de Carnaval no habías vuelto a verlo. Y con el paso del tiempo, de las horas que se te antojaron semanas (una sensación de insoportable pesadez que ya no iba a abandonarte, como quien camina constantemente sobre la nieve, hundiendo sus pies, agotándose en busca de un refugio, por desconocido que éste sea), empezaste a ver claro, como en un espejo, que tenías que decírselo. A él antes que a nadie. En cuanto volviera de su viaje.

¿Tendrías fuerzas suficientes?

A partir de ese momento aguardaste su llamada, pero a la vez deseabas que no te llamara. Hablar con él era verlo, y verlo era hablarle.

¿Cómo se lo ibas a decir?

¡Dios mío! ¿Por qué a ti? ¿Qué habías hecho para merecer aquello? ¿Hay alguien que lo merezca? ¿Es que acaso los dioses castigan a los mortales cuando sienten envidia de su felicidad?

"Que no me llame, que no regrese pronto, que me deje sola, sola, sola..."

Era la primera vez que no querías estar a su lado. Pero también sabías que, pasara lo que pasara, nada podía detener lo que llevabas dentro. Y que tal vez con su ayuda podrías sobrevivir a aquella desolación.

Cuando oíste su voz, sentiste una especie de vértigo:

—¿Te encuentras bien? —te preguntó al advertir tu debilidad.

—Sí, claro —mentiste.

—Te noto un poco rara.

—¿Rara, por qué?

Hiciste una pausa porque el llanto estaba a punto de quebrarte. No, no podías llorar por teléfono. Tenías que mirarle cara a cara, aunque fueras a desmoronarte… ¡Dios mío! ¿Cómo ibas a poder decírselo?

—¿Te va bien esta tarde, a las siete, en el Retiro, junto al Palacio de Cristal?

Andrés debió de asentir al otro lado del hilo, pero tú no viste su gesto de inquietud, incluso de confusión, cuando te preguntó:

—¿No podríamos vernos antes, ahora mismo?

No. Tú necesitabas tu tiempo. Ir caminando desde tu casa al Parque, incluso poder decidir dar la vuelta en el último momento; no acudir y aplazarlo para otro día.

Empezaba a atardecer. Los bancos del Paseo de Coches estaban prácticamente vacíos. Una chica más o menos de tu edad había sacado a su perro a dar una vuelta y lo perseguía corriendo para que éste no se metiera en el estanque.

Los mirlos y las urracas parecían esconderse en las mismas ramas que las ardillas. El chorro de agua que brotaba delante del Palacio de Cristal cesó de repente. Su silencio te perturbó.

Las hojas de los árboles estaban inmóviles.

Mientras contemplabas los patos y la arrogancia de un cisne negro, unas manos te abrazaron por detrás.

—Adivina quién soy —bromeó Andrés.

Intentaste sonreír, pero de tus labios sólo brotó una mueca.

—¿Pasa algo malo?

—Caminemos un poco —respondiste dejando que te cogiera de la cintura.

Aunque, si has de ser completamente sincera (y a estas alturas, ¿por qué no habrías de serlo?, ¿qué ibas a perder con la reserva, la discreción o, sencillamente, el disimulo?), aquel gesto te hizo estremecer. Por unos instantes estuviste tentada de retirar su brazo, que se te antojaba como algo muy áspero sobre una piel desnuda.

—Quiero que seas el primero en saberlo… —comenzaste a decir sacando fuerzas de flaqueza.

Andrés, sorprendido, retiró el mechón de su frente. Pensó sin duda en lo que suele pensar cualquier hombre cuando una mujer dice que va a hacerle una confidencia: que había, o había habido, otro.

Es como si, en ese momento, el mundo del amor se redujera a un jardín muy pequeño donde sólo caben dos flores.

Andrés seguramente lo pensó, pero no dijo nada, ni siquiera pareció mostrar mayor inquietud.

—Tú me dirás.

Sus palabras, secas e imperativas, te sonaron como un fugaz latigazo.

—Sí, Andrés, te lo voy a decir, porque creo que lo debes saber, que lo tienes que saber.

Y así fue como le contaste los pormenores de tu viaje a Marruecos, todo. El té con hierbabuena a la luz de la luna, las bromas de Benito, tu deseo de llegar cuanto antes al desierto, la mirada de Selim, todo.

Hasta llegar al improvisado hospital, a la transfusión de sangre infectada, a lo que acababa de surgir en ti.

—¿Estás segura? —te preguntó Andrés sin atreverse a mirarte a la cara.

Fuiste tú la que le obligaste a hacerlo:

—¿Cómo no voy a estar segura? ¿Crees que te cuento esto para reírme?

—Quiero decir… —balbuceó Andrés—, quiero decir que si estás segura de haberlo contraído de esa forma que dices.

Pero, ¿qué se estaba imaginando? Sentiste en tu estómago –¿o fue en tu corazón?–, como un vacío, como si estuvieras cayendo todavía por el despeñadero.

La desolación era enorme, y ahora sí que rechazaste bruscamente su brazo, cualquier contacto con él, como si hubieras recibido una descarga.

Tus ojos se inundaron de lágrimas azules, a través de las cuales lo veías borroso, tal y como en esos momentos debía de ser su espíritu.

—¿Piensas, Andrés, que te voy a mentir en algo así?

—Iba a decirte que me tengo que ir por un tiempo lejos, a Israel, a unas excavaciones… Quería que te vinieras conmigo, ¡y ahora me sales con esto!

¡Te pareció tan desolador que en ese momento él te hablase de no sé qué viaje, como si fuera lo único importante, cuando tú le estabas hablando de ti y de tu vida!

Desolador haber entregado parte de esa vida a una persona que…

Andrés insistía como si ni siquiera fuera capaz de comprender tu sufrimiento y tu decepción:

—Necesito saber la verdad, compréndelo, Ada.

—¿Qué verdad? Te estoy diciendo mi verdad, la más dolorosa de mi vida, y tú me sales con que te largas a Israel… ¡Como si eso fuera algo que mereciera la pena!

—Tenía pensado que vinieras conmigo… —añadió como arrepentido de su decisión.

—¿Acaso me lo has consultado? —replicaste airadamente—. ¿Crees que voy a dejar mi música por tus malditos fósiles?

El peso del mundo sobre tu corazón era enorme, excesivo. ¿Cómo poder aliviarlo? ¿Cómo?

De repente te habías vaciado. La conversación te había resultado tan absurda –cada uno hablando de lo suyo, sin coincidir prácticamente en nada–, que te habías vaciado.

Caminasteis en silencio, regresando por el mismo sendero.

De la antigua Casa de Fieras ya sólo quedaba una entrada adornada por unas leonas de piedra.

El foso de los monos estaba vacío, la gruta del oso enrejada, y las jaulas de los tigres habían sido transformadas en dependencias municipales.

La gravilla crujía bajo vuestros pies.

Un niño de pecho berreaba en el cochecito empujado por una criada de aspecto caribeño.

La chica del perro aguardaba ahora a que éste orinara por enésima vez en el tronco de un árbol, como para indicar por dónde había pasado.

—¡Ada, por favor, mírame! —te rogó Andrés haciendo un esfuerzo, muy cerca ya de las verjas de la salida.

Él, que no tenía fuerzas para sumergirse en tus ojos, te pedía que tú la tuvieras para aguantar su mirada.

—Te miro. ¿Qué ves? ¿Soy distinta por fuera? ¿He cambiado? ¿Te doy asco?

—No, no es eso, pero compréndeme, yo necesito tener la seguridad de que…

Resulta que era él quien necesitaba ser comprendido, él quien necesitaba estar seguro de algo, él quien parecía tener un grave problema…

—Me voy a casa —dijiste de repente sintiéndote más sola que nunca.

—Te llevo —dijo él señalando la vieja moto que tanto había significado para vosotros.

Por un momento estuviste a punto de rechazar su ofrecimiento. Incluso de abofetearle por no comprenderte, por no comprender lo que había habido entre los dos.

Pero te dijiste que tal vez aquella era la última oportunidad que tenías de retener algo que sentías se te estaba escapando de las manos. Aunque, pensándolo bien, ¿merecía la pena atrapar el agua con las manos desnudas?

Te costó trabajo agarrarte a su cintura; te resultó absolutamente imposible apoyar tu cabeza en su hombro.

Las farolas se acababan de encender y la noche amenazaba lluvia.

Al llegar a la puerta de tu casa, Andrés ni siquiera apagó el motor.

—¿No tienes nada más que decirme?

—¿Y tú no tienes nada más que preguntarme? —le replicaste desafiante.

Andrés hubo de aceptar tu reto, impulsado por la duda.

—Necesito que me digas que no ha habido nadie más. ¡El moro o quien sea…!

Cerraste los puños para no descargar tu rabia y tu desesperación sobre aquél a quien tanto habías amado. Tu barbilla tembló, te mordiste los labios y decidiste que delante de él no llorarías; delante de él no.

—Espera un momento. Vuelvo enseguida.

Corriste escaleras arriba, sin esperar al ascensor. Abriste impetuosamente la puerta, ajena al saludo de tu padre, que escondió el cigarrillo en cuanto te oyó. Tomaste –mejor dicho, arrancaste– del atril la partitura de la Suite de Juan Sebastián Bach…

Por un momento, mientras bajabas los peldaños de dos en dos, temías que Andrés se hubiera ido ya. Pero no, continuaba allí, sentado en su estrambótica moto granate con una flecha violeta, con el motor en marcha, como si aún estuviera aguardando una respuesta a sus dudas.

—Toma. Un día me lo regalaste cuando me marchaba. Hoy, antes de que tú te marches, te lo devuelvo yo.

—Quiero que te la quedes tú —te dijo incapaz de aguantar tu mirada, esa mirada que tanto le había gustado de ti, pero que ahora le resultaba insoportable por su franqueza; tal vez por su dureza, incluso por su crueldad.

—No quiero que me llames, no quiero que me escribas…

Hiciste una pausa para tragar saliva, conteniendo el llanto que deseaba brotar en tus ojos como si fuera un manantial en medio de la montaña.

—… Por favor, si alguna vez me has querido de verdad, no lo hagas, por favor…

Vacilaste durante unos segundos. Sabías que, si te arrojabas en sus brazos, tal vez él te perdonaría. Pero, ¿qué tenía que perdonarte? Tal vez te estrecharía de nuevo contra él. Pero, ¿por qué tenías que sentirte a su merced? ¿Por qué?

Inmediatamente desechaste aquella posibilidad. Necesitabas, más que nunca, vivir. Y en su mirada, lamentablemente, no veías motivo para la vida.

Te diste la vuelta consciente de que posiblemente aquella fuera la última vez que lo veías.

Ya en el portal, mientras oías el motor alejarse, rompiste de nuevo a llorar. Un llanto convulsivo, incontrolado; de tristeza, sí, pero también, y sobre todo, de soledad, de desamparo.

* * *

—¡Milagro, milagro! —gritó Benito irrumpiendo en la clase del Toscanini apenas cinco minutos antes de que ésta terminara.

—¡Haga el favor de salir! —le ordenó el profesor moviendo la mano como si estuviera agitando una batuta.

—Perdóneme, pero es que…, ¡mire!

Benito no se había dejado impresionar por la orden del Toscanini, y depositó sobre su mesa una página de periódico.

"El famoso director Carlo María Giulini anunció ayer en la Residencia de Estudiantes que dirigirá en España siempre que en la orquesta figuren alumnos del Conservatorio de Música…"

—¿No le parece a usted un doble milagro? Primero, que toque aquí, ¡y encima con nosotros!

El Toscanini, igualmente sorprendido por aquella noticia, dio por concluida la clase de inmediato. Leyó ávidamente lo que decía el periódico y corrió a Dirección a verificar los datos.

—¡Es formidable, Ada, formidable! ¿Te imaginas tú y yo dirigidos por Giulini?

—Eso habrá que verlo, "rascatripas" —le dijo Mavi, que tocaba el clarinete—. ¡Ya veremos a quién eligen!

—Cállate, "soplagaitas". Donde haya una buena viola de gamba que se quite eso de soplar por un agujerito…

Para ti aquella noticia fue como el pistoletazo de salida que aguardabas desde que Andrés se había alejado de tu vida. Tal y como le habías pedido, ni había llamado ni había escrito.

Por eso, el hecho de que el gran maestro de Barletta se prestara a dirigir a Mahler con algunos de vosotros era como una especie de luz hacia la que encaminarte.

Tu optimismo te decía que, si aquel milagro se concretaba, tú estarías entre los elegidos. ¡Ayudando con tu violonchelo a que la *Segunda Sinfonía* fuera el momento más especial de tu vida!

A partir de entonces, tomaste varias grandes decisiones:

Quemaste el diario que, hasta ese momento, te había servido de confidente. En lo sucesivo, lo que tuvieras que decir se lo dirías al espejo; lo que tuvieran que decirte lo sabrías cada seis meses en el hospital de la Cruz Roja.

Te cortaste el pelo, tal y como habías visto hacer en una película cuando la protagonista decidió cambiar de vida. Tu hermosa trenza pelirroja descansaba ahora en una caja de zapatos, muy parecida a la que, en tu infancia, había servido de palacio a los gusanos de seda.

Te inscribiste en natación, en una piscina cercana a tu casa, donde nadarías hasta quedar exhausta cuando los recuerdos o los pensamientos se abrieran involuntariamente paso por tu mente.

Y te fuiste a vivir sola. Tal vez en la soledad, en la soledad física, pudieras encontrar de algún modo el sosiego que te había abandonado.

Tu padre había sufrido una profunda crisis al enterarse de lo tuyo, aunque nunca lo achacaste exclusivamente a ello, pues fingió que se trataba de una recaída pulmonar por culpa del tabaco. Tabaco que, desde aquel mismo momento, dejó para siempre.

Berta, desolada, no sabía qué decirte. Simplemente te miraba, te miraba a todas horas, disimulada, discretamente, ofreciéndote, a través de sus ojos, toda su ayuda y su amistad. Berta, curiosamente, y a pesar de las circunstancias, había empezado a saber mirar.

—Es mejor así —les dijiste mostrando las llaves del apartamento que acababas de alquilar.

Tenías para tres meses; luego ya te las arreglarías…, si es que aún te quedaba tiempo para arreglar algo.

—Si tú lo prefieres así, mi niña —te dijo tu padre estrechándote en un abrazo—, ya sabes dónde nos tienes.

—Papá, que no me voy al fin de mundo —le respondiste emocionada—. Sólo nos separan dos paradas del autobús.

El apartamento era interior, pequeño: tu refugio, tu cueva de anacoreta, tu guarida. Estaba mediocremente amueblado, excepto un butacón con orejeras tapizado en terciopelo verde inglés.

En él te sentabas o, mejor, te tumbabas, con los pies sobre una banqueta, mirando al techo, o contemplando el par de vídeos que habías conseguido sobre Jacqueline du Pré.

La famosa violonchelista, a pesar de la enfermedad, se mostraba tan llena de vida interpretando a Schubert, a Boccherini, a Schumann, a Bach, que era capaz de comunicar su entusiasmo.

De vez en cuando pasabas tu mano por el cabello (cada vez que te mirabas en el espejo sonreías con una cierta amargura), deseando que volviera a crecer cuanto antes.

En el Conservatorio no le habías confesado nada a nadie. Un seropositivo tiene derecho a elegir a qué personas hacer confidentes de su intimidad.

—Señoritas y señoritos —el Toscanini solía expresarse así cada vez que se dirigía a una clase numerosa—, hoy vamos a establecer la relación que ha habido a través de la historia entre los grandes músicos y sus mujeres. Wagner con Cósima, Mozart con Constanza, Mahler con Alma...

Tú oías sus palabras como si fuera lluvia detrás de los cristales. La verdad es que te sentías muy sola en medio de aquella clase en la que nadie, absolutamente nadie, te comprendía.

—... La conclusión suele ser siempre la misma: *"Cherchez la femme..."*. Detrás de cada gran hombre siempre hay una mujer importante.

En tu corazón, instintivamente, surgió una respuesta que no hiciste pública:

"Y detrás de cada gran mujer siempre hay un hombre mediocre".

Tus ojos se empañaron y, nada más acabar la clase, corriste a los servicios para humedecerte la cara, como intentando borrar de ella todas las huellas de tu pasado.

Con un suave temblor en los labios, apretando los dientes como cuando se tiene mucho frío, te preguntaste por qué para la mujer casi siempre lo primero es el amor y, en cambio, para el hombre el amor casi siempre ocupa un segundo lugar detrás de su trabajo.

Por qué toda tú habías vibrado con el solo recuerdo de Andrés; por qué toda tu música no había sido sino una prolongación de su existencia a tu lado; mientras que para él sólo contaban sus fósiles... y su temor.

Por las noches, como si el regresar a la infancia te sirviera de alivio, recuperaste una costumbre que había ideado tu padre cuando, de pequeña, te negabas a comer.

Tu madre se desesperaba porque nunca terminabas la cena, y entonces intervenía papá con sus "fantasmas".

Los "fantasmas" eran unas calcomanías que pegaba en el fondo de los vasos de leche y que sólo se podían ver claramente cuando acababas de beberlo todo. El vaso de leche, con su "fantasma" correspondiente, era el postre, el regalo a la niña que había cenado bien.

¡Cuántas veces acabaste de comer la tortilla o los judías verdes sólo con la esperanza de descubrir a tu "fantasma", de ver si aquella noche, bajo su manto lechoso, aparecía "Pluto", el Conejo de la Suerte o Conan el Bárbaro!

Sólo que ahora eras tú la que se servía la leche, y también la que dibujaba y pegaba la calcomanía en el fondo del vaso.

¿Cuáles eran ahora tus "fantasmas"? Un violonchelo, un signo de interrogación, alguna nota musical o, en alguna ocasión, cuando considerabas que habías sido especialmente buena, una de las caras de las niñas de Renoir, recortadas de la tarjeta que te había mandado madame Jeanson.

Aquellas niñas eran como Berta y tú de pequeñas; contemplándolas, te sentías repentinamente feliz, como si nada hubiera pasado, como si nada estuviera pasando dentro de ti.

Poco a poco, casi sin darte cuenta, ibas convirtiendo tus pequeños gestos en obsesiones. Mirarte en el espejo, acariciar el violonchelo, pasar tus dedos por tu corto cabello, repetir mentalmente las mismas palabras, no sentir necesidad alguna de hablar con nadie, contemplar la calle a través de los cristales, insistir una y mil veces con la misma melodía, preguntarte por qué, por qué, por qué, clavar tus ojos en el teléfono…

El sonido del teléfono te sobresaltó y dudaste en cogerlo. Muy pocas personas conocían tu nuevo número.

—¿Diga?

—¡Hola, Ada!

Tardaste unos segundos en identificar aquella voz seca, que, sin embargo, intentaba ser amable.

—Hola, Gaudi, ¿cómo estás?

—Enfadada contigo —te espetó sin rodeos—. ¿Es que vas a dejarnos colgadas?

—No sé —te disculpaste—, pensé que tal vez no querías que volviera a darle clases a Isabel.

—¿Y por qué? ¿Se puede saber por qué?

Gaudi te lo reprochaba con firmeza.

—Tú eres su profesora y el curso aún no ha terminado. Te esperamos mañana a las siete, ¿de acuerdo?

—De acuerdo.

Al colgar le diste las gracias de todo corazón. No te había tratado como a una enferma (te había dicho que no lo eras), no le daba miedo que estuvieses con su hija , que le dieses clase, que jugases con ella (el SIDA no se contagiaba por el trato cotidiano, ni por beber por el mismo vaso, ni por los besos, ni por las caricias…).

Aquella noche, antes de acostarte, después de hablar con tu padre y tu hermana, lo que viste en el espejo no te desagradó tanto como en otras ocasiones. Y te bebiste el vaso de leche con las niñas pianistas de Renoir como "fantasmas".

* * *

—Una vez me preguntaste —le dijiste a Isabel sentándola en tus rodillas— que por qué los chicos eran tan brutos. Ahora ya lo sé.

—¿Sí? ¿Por qué?

—Porque tienen miedo.

—¿Y de qué tienen miedo? —quiso saber la niña.

—¡De tantas cosas…! Por ejemplo, de una mirada. El día que con esos ojazos que tienes mires de verdad a un chico, verás cómo se le caen los pantalones hasta el suelo —bromeaste.

Isabel se echó a reír.

En esa actitud os sorprendió Gaudi, que venía a traeros un café con leche y unas pastas.

—Perdona, se me había olvidado que tú prefieres té —dijo la enfermera contenta por ver feliz a su hija, y sin duda también por verte feliz a ti.

—No, deja, me tomaré el café con leche, me apetece.

Te apetecía ir cambiando tus pequeños hábitos. Al igual que habías hecho con el diario o con el pelo, a partir de ahora te olvidarías para siempre de que alguna vez habías preferido el té.

—¿Qué tal va lo del Conservatorio?

—Ni idea. Los profesores quieren mantener el suspense hasta el final. Tal vez para que nos esforcemos...

—Ya verás cómo a ti te eligen para ese concierto de Mozart.

—No es de Mozart, es de Mahler, su Sinfonía nº 2, *Resurrección*.

—¿Es bonita?

—Hermosísima. Larga, profunda, emocionante. Si tengo la suerte de ser elegida, os traeré unas invitaciones.

—Antes podemos escucharla juntas —dijo Gaudi sacando de su bolso un disco compacto que demostraba que la confusión entre Mozart y Mahler sólo había sido una broma.

Alguna tarde, al acabar la hora de clase, te quedabas con ellas y, movimiento a movimiento, ibas desgranando aquella música compuesta en cinco partes, en la que la orquesta se mezclaba con los solos de las sopranos, y todos con el coro de más de cien personas.

Ya te imaginabas a las órdenes del maestro italiano interpretando junto con la sección de cuerda.

La música, aquella música que había llegado a sustituir en tu corazón a la de Bach que habías escuchado en París, te perseguía hasta lanzarte a la piscina.

Siempre por tu calle, largo arriba, largo abajo, durante tres cuartos de hora, ibas y venías abriéndote paso por las aguas, con tu bañador negro, escotado, que dejaba al descubierto el nacimiento de tus pechos, y del que surgían tus piernas blancas, largas, a veces con un ligero vello rubio que no te molestabas en depilar.

El monitor de natación se llamaba Toni, y desde el primer momento advertiste que se fijaba en ti.

—¿Sola? ¿Vienes sola?

—Ya lo ves.

—A mantenerse en forma, eso está bien. Aunque, la verdad sea dicha, no lo necesitas mucho…

Aquello parecía ser un piropo, pero para ti fue sobre todo una señal de aviso. Tontear con aquel muchacho podía ser estimulante, ¿pero sería igual cuando tuvieras que decirle lo que te pasaba?

Aunque, ¿por qué tenías que decírselo? Si vuestra relación era sólo de piscina adentro, no habría por qué.

Pero si comenzabais a intimar fuera de las horas de natación, lo injusto hubiera sido no hacerlo. ¿Y entonces qué pasaría?

—Lo siento, Toni, pero me está esperando mi novio —le mentiste.

—Yo también lo siento —dijo Toni volviendo a su trabajo, recogiendo los salvavidas y las colchonetas.

Aquella noche te sentiste mal por haber mentido a Toni y no pusiste como "fantasmas" a las pianistas de Renoir. En el fondo del vaso apareció una negra y mal trazada interrogación.

Y en vez de leche, como si de un antojo se tratara, aquella noche, te apeteció más que nada en el mundo tomarte un frío y empalagoso chocolate *liégeois* con mucha nata.

Quinto Movimiento:
EN TIEMPO DE SCHERZOS. IMPETUOSO

"… Me elevaré hacia la luz
que ninguna mirada
ha penetrado.
Moriré para revivir.
Tú resucitarás,
sí, resucitarás, corazón.
Muy pronto lo que has sufrido
hacia Dios te llevará."

Parece como una broma cruel que en aquellos momentos lo que más te torturase fuera no poder ver los leones de Chinchón.

De haber tenido coche propio, te habrías ido hasta allí, sin dudarlo, para estar con ellos.

Pero no querías implicar a tu padre, y mucho menos al último acompañante de tu hermana, un niño pijo con aspecto fardón.

¿Qué les ibas a decir a los leones? O, mejor, ¿qué les ibas a preguntar?

Ellos, sin duda, sabían más de los hombres que tú; o al menos de un hombre en concreto, que se había largado a Israel, a Palestina, a buscar las huellas de nuestros antepasados convertidas en fósiles.

Así era la vida. Andrés trataba de encontrar restos de no se sabía qué, mientras huía de lo que tenía justo frente a él.

¿Era la cobardía una condición innata del hombre? Entonces, ¿para qué mandar rosas?

Buscaste los pétalos en tus libros (Juan Ramón, Silverberg, Durrell…). Pero, al llegar a Dostoyevski, te dijiste que aquello no tenía ninguna razón de ser. Y que las cosas debían continuar tal cual, sin removerlas más. Porque hay veces que, cuanto más se remueve algo que apesta, más se expande su hedor, hasta acabar por envolverlo todo, incluso lo que hasta entonces ha permanecido puro.

El Toscanini estaba feliz. Retorciendo de vez en cuando sus extravagantes mostachos blancos –imitación de los del famosos director de orquesta–, os repetía una y otra vez que la decisión del maestro Giulini era un honor para todos vosotros.

—Señoritas y señoritos, nunca nadie en la historia de la música se ha atrevido a mezclar músicos profesionales con estudiantes. Será un hecho histórico, lo retransmitirán por televisión a todo el mundo. ¡Y los elegidos hemos sido nosotros!

Aún no se sabía quiénes eran los elegidos (en realidad sólo serían ocho o diez alumnos del Conservatorio, entre un total de ciento veinte instrumentistas), pero tú trabajabas para ser uno de ellos.

Benito también, aunque sus posibilidades eran menores, y lo sabía:

—Hace unos siglos, en la época de Marin Marais, la viola de gamba era la reina; hoy no tengo nada que hacer…

—¡Venga, Beni, no seas pesimista! Te invito a un helado.

Hacía de nuevo buen tiempo. Era curioso cómo, con tanto dolor dentro de ti, apenas te habías dado cuenta del cambio de las estaciones. Habías advertido, eso sí, cuándo llovía, si salía el sol o brotaban algunas flores en El Retiro. Pero, en tu más profunda intimidad, no tenías muy clara la noción del tiempo. Por un lado, todo había sucedido muy deprisa; pero, por otro, era tal la cantidad de cosas que habían ocurrido en tu vida, que resultaba una eternidad.

Aquel día, para colmo, mientras tomabais el helado, te enfadaste con Benito.

Él no tuvo la culpa, después lo reconociste. Pero en aquel momento sus palabras te sonaron como disparos en el corazón.

Y todo porque, para escapar de tu melancolía, decidiste hacer el ganso.

—Espera, espera, repítelo otra vez —te pidió Benito con la nariz manchada de vainilla—. A ver si adivino a quién estás imitando.

Abriste los ojos, sacaste la lengua y torciste la boca poniendo cara de bobalicona.

—Lo sé, lo sé, es un personaje de cine...

Y, tras una pausa, aventuró:

—¿Cabiria? ¡No, no es Cabiria! ¡Es Gelsomina!

Ambos eran personajes de Federico Fellini, pero el nombre del segundo ya lo habías oído en otra ocasión, ¿recuerdas?

¿Escarlata O'Hara? ¿Shanghai Lilly? ¿Gelsomina? ¿Catherine Trummell?

Le dejaste a Benito con la palabra en la boca.

—¿Qué he dicho? ¡Espera!

—Hasta mañana; nos veremos en clase —replicaste de mal humor.

No tenías ninguna gana de darle explicaciones en aquel momento: París había regresado a ti de golpe y porrazo. Pocas personas conocían a Gelsomina, la protagonista de *La Strada*; o al menos pocas personas recordaban su nombre. Y ahora Benito, el despistado, había tenido que asociarte con ella. ¿Por qué? ¿Por qué él?

¿Por qué a mí? ¿Por qué ahora? ¿Acaso no soy demasiado joven para...?

No había forma de borrar a Andrés definitivamente de tu vida. Varios meses ya sin verlo, y de vez en cuando, como la gota malaya, se aparecía en tu memoria, en tu recuerdo, en tu sentimiento.

Tenías que apartarlo para siempre de tu pensamiento si no querías hacer aún más penoso tu caminar.

Pero te sentías sola, ¡tan sola!... Sola cuando te mirabas en el espejo, cuando buscabas el síntoma de algún ganglio detrás de las orejas, cuando sospechabas que habías adelgazado, cada vez que te pesabas en la intimidad de tu cuarto de baño, cada vez que te ponías el termómetro en busca de un anormal (¿o en este caso deberíamos decir que era normal?) aumento de la temperatura...

Berta no quería darle importancia para que no te sintieras como una enferma, y te hablaba de todo, como siempre, pero ahora con gran lujo de detalles, como si gracias a su meticulosidad pudiera envolver tu realidad.

Tu padre no podía evitarlo: te miraba constantemente, unas veces a hurtadillas, otras cara a cara, y te cogía la mano con desesperación, como temiendo que aquélla fuera la última vez que iba a estar con su niña.

—Papá, no te preocupes, estoy bien; esto puede tardar años, muchos años, y, mientras tanto, seguro que se inventa algo.

A tu padre no le consolaba saber que él se podía morir antes de que la enfermedad irrumpiera brutalmente en tu cuerpo. Al contrario: pensar que te podía dejar sola con aquella tremenda maldición le causaba un mayor desasosiego, y muchas veces no podía contener las lágrimas.

—Mi niña, mi guardián de porcelana... —exclamaba con un hilo de voz.

Y tú, con una sonrisa, le pasabas un pañuelo y le dabas un par de besos.

—Escucha. Cierra los ojos y escucha —le pedías desenfundando el violonchelo.

Y, durante unos minutos, improvisabas las primeras melodías que te venían a la cabeza; o al menos eso pensabas tú, porque era casi siempre inevitable que aquella música tuviera mucho de Bach, de Boccherini o de Schumann.

Mavi, tu compañera de Conservatorio, tu compañera de viaje en aquel desgraciado fin de año, había adquirido para ti un significado especial.

Te gustaba su discreción; no te atosigaba, no insistía para estar a tu lado. Sólo advertiste su satisfacción por la mirada que te dedicó al ver que te habías cortado el pelo como ella.

Aunque físicamente erais muy diferentes, había algo que os unía.

Solías darte cuenta de que estaba a tu lado por el crujir de unas partituras, o por el sonido de unos pasos que te seguían. Al volverte, se paraba y sonreía, sin pedir nada, ni siquiera conversación.

Al principio te inquietó un poco, pero luego, suavemente, la sombra de Mavi comenzó a confundirse con tu sombra, y cuando ella faltaba, era como si a ti también te faltase algo.

Por fin, un día te decidiste y le hablaste:

—Hola, Mavi.

—Hola.

—¿Quiénes crees que serán elegidos para el concierto de Giulini?

Mavi te miraba a los ojos, tal vez un poco más arriba de tus ojos. En vez de contestar a tu pregunta, susurró:

—¿Me dejas?

Y antes de que pudieses reaccionar, te rozó con la punta de sus dedos la cicatriz, aquel recuerdo de vuestro viaje.

Sentiste una especie de escalofrío, tal vez por lo que aquel gesto implicaba, tal vez por el simple contacto. Pero Mavi supo romper la tensión, acaso la magia, del momento diciéndote que la elección ya estaba hecha, que había sorprendido al Toscanini hablando con el director e intercambiando datos y nombres.

—Pero elijan a quien elijan —afirmó Mavi—, yo sé que tú estarás en la lista.

—¿Seguro? —preguntaste ilusionada.

—Seguro. Eres la mejor. Yo no podría tocar en público con ese director, y menos interpretando a Mahler... ¡Una locura! Me pondría nerviosa, lo haría fatal y sólo conseguiría que mis compañeros lo hicieran igualmente fatal. ¡Sería un desastre!

—Pues nada —bromeaste—, si no me eligen a mí y te eligen a ti, me cedes el puesto.

—Hecho.

Te acercaste a Mavi para darle un beso por aquel gesto y aquellas palabras de confianza; y recuerdas cómo reaccionó: primero intentando evitarlo, luego dejando sentir tu mejilla en la suya. Después fue ella la que te besó antes de salir apresuradamente a la calle.

Había sido una conversación breve, pero te sirvió de mucho. Te sirvió para darte cuenta de que, tras la apariencia de algunas personas, hay sentimientos no confesados. Sentimientos que una sencilla mirada es capaz de hacer brotar.

Aquello también te sirvió para dirigirte a Benito y pedirle perdón por el corte de la tarde anterior.

Aquel día, en la piscina, no dejabas de sonreír. Toni, al principio, creyó que tu sonrisa era para él, pero pronto comprendió que se había equivocado al verte, brazada a brazada, largo a largo, yendo de un lado a otro, sin saludarle siquiera.

Estabas bien; después de mucho tiempo te sentías bien; y todo era debido a que acababas de recibir un cariño inesperado, de alguien que podía llegar a convertirse en una persona muy importante para ti.

* * *

Tu cambio de vida te sirvió de mucho.

La primera que se dio cuenta fue Isabel:

—Estás contenta, ¿verdad?

Tras pensarlo un momento, la cogiste en brazos y la cubriste de besos:

—Estoy contenta, es verdad.

—¿Por qué?

Eso, ¿por qué? ¿Tenías motivos? ¿Acaso habías recurrido a tu optimismo habitual para construir un palacio con simples materiales de chabola?

—Estoy pensando en cambiar de apartamento. Viviré más cerca de aquí.

La idea había sido de Mavi; las dos vivíais solas:

—¿Por qué no compartimos apartamento?

A veces su mirada te turbaba; te turbaba porque te sentías desnuda ante ella. Como en el sueño, cuando estabas interpretando en la gruta.

Pero, al mismo tiempo, te gustaba aquel sentimiento, tan lejano del que experimentabas con los hombres.

—¿Crees que será buena idea? ¿Nos soportaremos?

—Nos soportaremos, seguro.

La idea iba tomando forma dentro de ti. Compartir gastos, compartir soledades, tener la amiga que nunca tuviste… Podía estar mejor que bien.

Además, te dijiste, a ella no estabas obligada a contarle nada de lo tuyo. Con un chico tendrías que adoptar medidas, precauciones, pero con una mujer era muy diferente. Dos amigas que entendían lo que era la ovulación, la regla, la depilación, el maquillaje, las medias con o sin liguero, la medida del sujetador, el DIU, el masaje corporal, el perfume, la menopausia en su día…

Y luego colaborar con ella en sus tareas humanitarias, organizar manifestaciones contra la marginación, preparar seminarios o conferencias feministas… Formar, en suma, parte de todo aquello con lo que siempre te habías identificado, pero que, tal vez por comodidad, tal vez por no haber coincidido con la persona indicada, siempre habías tenido un poco al margen.

Era tentador iniciar una nueva etapa de tu vida. Incluso los misterios que encerraba aquella mirada de Mavi te atraían.

Pero decidiste aplazar todo esto hasta después del concierto. Todo, incluso las palabras que deseabas hacer públicas para informar a todo el mundo de que eras seropositiva y, de esta manera, ver quiénes te rechazarían y quiénes, por el contrario, seguirían a tu lado como verdaderos amigos.

Mavi fue la que te dio la noticia. Su sonrisa no podía ser más radiante:

—¡Enhorabuena!

—¿Me ha tocado la lotería? ¿Se ha enamorado de mí Brad Pitt? —bromeaste recordando el primer amor de tu hermana.

—¡Tocarás con Giulini!

Pegaste tal grito en el pasillo del conservatorio que muchos de tus compañeros se volvieron sorprendidos.

Y después de la alegría, la preocupación. ¿Sabrías hacerlo bien? ¿Estarías a la altura de las circunstancias?

Mavi te cogió de la mano.

—Estaba segura. Sabía que te elegirían

Y añadió con una solemnidad que, por unos instantes, te dejó desarmada:

—¡Estoy muy orgullosa de ti!

Benito y algunos otros compañeros rompieron la intimidad de aquel momento. Ni siquiera te había dado tiempo a darle las gracias a Mavi, cuando ésta se retiró discretamente, como para dejar que los demás también te felicitaran.

Benito te estampó dos sonoros besos, recibiste palmadas en la espalda, alguna que otra mirada de envidia y el abrazo de los que, como tú, habían sido tocados por la varita mágica.

—¡Enhorabuena, Ada! —te felicitó el Toscanini estrechándote efusivamente la mano—. A partir de hoy, y hasta el concierto, una sola cosa a todas horas, incluso durmiendo: Mahler, Mahler y más Mahler.

A Benito lo habían dejado fuera, pero, como ya más o menos se lo esperaba, no le importó demasiado. Mavi parecía incluso alegrarse de no haber sido elegida, pues, de esta manera, podría contemplarte más a gusto desde su butaca.

Berta se puso a llorar como una Magdalena; la emoción le provocó un ataque de hipo que tardaste un buen rato en quitarle a base de bromas y cosquillas.

Tu padre te estrechó entre tus brazos y anunció:

—Esto vamos a celebrarlo, mi niña, poniéndonos hasta los ojos de... agua de litines.

Brindasteis con el agua burbujeante y aquella noche, desde la ventana de tu habitación, las acacias de la calle te volvieron a parecer, por primera vez en mucho tiempo, verdaderamente hermosas.

* * *

El Auditorio estaba a rebosar.

Te diste realmente cuenta de lo que estaba ocurriendo cuando dejó de sonar el himno nacional y Su Majestad la Reina tomó asiento.

El concierto iba a comenzar.

Sujetaste el violonchelo de color caoba con fuerza, por temor de que el instrumento pudiera adquirir vida propia y se te escurriera como agua entre los dedos.

Recordaste que por la tarde habías ido a la mejor peluquería del barrio con una caja de cartón en la mano. Dentro estaba la melena que te habías cortado y pediste que con ella te hicieran un postizo. Deseabas tocar con la trenza de siempre, con tu trenza pelirroja cayendo sobre tu piel blanca.

Vestías un traje negro de terciopelo y tus ojos azul marino recorrieron la gran sala en busca de lo más amado.

Allí estaban tu padre y tu hermana, expectantes, emocionados. No lejos, Gaudi e Isabel, inquietas. También viste a Mavi, tamborileando con sus dedos sobre la barandilla del palco, casi frente a ti.

Pero había una butaca vacía.

¡Con lo que hubiera pagado cualquiera de los que se habían quedado fuera por aquella butaca! No te referías, naturalmente, al dinero, sino a lo que aquella ausencia suponía de injusticia para quienes tanto habían deseado escuchar el concierto de Giulini.

El maestro italiano, muy ágil a pesar de sus 84 años, acababa de levantar las manos (en una de ellas la batuta que tanta gloria había dado a la música) dispuestas a iniciar el primer movimiento.

Allegro maestoso.

Sabías que, durante hora y media, de tus ojos y de tu mente se iba a borrar todo lo que no fuera la sinfonía de Mahler.

En ese momento no había familia, ni amigos, ni recuerdos del pasado, ni siquiera planes para el futuro. ¿Qué importancia podía tener un virus invisible comparado con el arrebato en que ibas a verte sumergida?

Ni siquiera necesitabas la partitura, aunque la ibas a seguir meticulosamente. Incluso, siguiendo ese ritual clásico entre los profesores de cualquier orquesta, serías tú la que habrías de pasar las páginas colocadas sobre el atril, labor que se encomendaba a los intérpretes más jóvenes.

Te la sabías de memoria: un "primer movimiento" iniciado por las cuerdas; un *trémolo* de violines, arropados por las violas y los violonchelos, para dar paso a los contrabajos. Y luego, paulatinamente, el cambio hacia los golpes de timbal y los platillos, dando nacimiento al metal agudo que, con constantes cambios de ritmo, volvería a sumergirse en la cuerda para arrastrar al espectador hasta los secretos del alma del compositor.

A pesar de estar allí, en el escenario, y de ser una de las intérpretes de aquella fantástica sinfonía, a veces te veías como desde fuera, y sentías un escalofrío.

Te gustaba la música, te gustaba estar allí, pero lo que más te impresionaba era que la música y tú estabais allí para los demás. Que una obra como *Resurrección* sólo era posible si más de trescientas personas se ponían de acuerdo bajo la batuta de un maestro.

Y Carlo Maria Giulini era uno de los maestros más grandes.

A veces tu mirada vagaba perdida por el pentagrama, como si flotaras. Y entonces tenías que volver a la tierra, a la espera de que las sopranos comenzaran a entonar lo que luego exclamaría el coro desde el fondo de sus corazones hasta el clamor de sus gangantas:

> *"¡Oh, créelo, corazón, créelo!*
> *¡Lo que tú has esperado,*
> *Nada de lo que tú has amado,*
> *de aquello por lo que tú has luchado*
> *está perdido para ti.*
> *¡Oh, ahora lo sé!*
> *Sé que no has nacido en vano,*
> *sé que no has vivido ni sufrido*
> *en vano".*

¡Fue una imaginación tuya o realmente en ese momento el director te miró a ti, directamente a ti? ¿Acaso habías tocado algo mal? ¿Es que estaba esperando algún detalle de los violonchelos que no habíais sabido dar? ¡Tal vez el maestro Giulini se estaba comunicando contigo directamente a través de las palabras musicadas por Gustav Mahler?

Poco a poco, en tu interior se fue formando una especie de remanso, como cuando un río gira en un recodo tumultuoso dejando casi inmóviles esas aguas en las que, más adelante, comenzarán a brotar plantas acuáticas.

Tus manos movían el arco unas veces con delicadeza, otras con energía, según fuera preciso, siguiendo la estela de aquella sinfonía que estaba siendo recreada para el mundo como por primera vez, como si fuera de nuevo su estreno.

Y en aquel momento no es que interpretaras como Jacqueline du Pré, sino que, en una íntima transfiguración, en aquel momento ¡tú eras Jacqueline du Pré!

Cantaba la soprano, luego el coro, encaminándose inexorablemente hacia los momentos finales. Tensos, expectantes, conmovedores.

Más, más, que continúe, que no se acabe nunca, nunca…

Hasta que Giulini, en un gesto final dulce, pero decidido, os hizo enmudecer a todos.

Un segundo, una décima de segundo de silencio, e inmediatamente…

El delirio se apoderó del Auditorio. La emoción pasaba de vuestras sonrisas de agradecimiento a la vibración de un público enfervorecido.

Los bravos se mezclaban con los interminables aplausos, obligando al maestro italiano a salir a saludar diez, quince veces.

Tú, Ada, te sentías bien. Sabías que, aunque mínimamente, habías contribuido al éxito de aquella noche. Y tu mirada recorrió el patio de butacas por última vez.

Tu padre, tu hermana, tus amigas… y estaba el asiento vacío. Durante todo el concierto vacío. Vacío como el interior de muchas personas.

Miraste al palco: la sonrisa de orgullo, posiblemente también de esperanza, de Mavi.

Y luego tu cabeza girando, volviéndose, acaso buscando la salida, la puerta de los artistas por la que ibas a abandonar el escenario momentos después. La puerta por la que, estabas segura, ibas a comenzar una nueva vida. Durase lo que durase, una nueva vida.

Y entonces, por última vez, el corazón te jugó una mala pasada.

Imaginaste que allí, en el pasillo que conducía a los camerinos, oculto para todos menos para ti, estaba él. E imaginaste que aquella sombra era la suya; que Andrés había vuelto, que te había buscado y encontrado no sabías cómo.

Al principio te costó reconocerle: llevaba el cabello más largo y se había dejado crecer la barba.

En su mano derecha llevaba, enrollada, una partitura que tú conocías bien: J. S. Bach.

Te imaginaste también abandonando el escenario entre los incesantes aplausos, acercándote a él, mirándoos durante unos segundos en silencio... Unos segundos en los que parecíais preguntaros quiénes erais y, sobre todo, quiénes ibais a ser a partir de entonces.

Luego, con delicadeza, con cierto temor, como cuando se toca algo frágil, retirarías con tu mano el mechón de pelo que cubría su frente.

Y, casi al mismo tiempo, Andrés acariciaría tu cicatriz, tu ceja rota, antes de abrazarte arrebatadamente, con una emoción largamente esperada.

"¡Ada, te quiero!", te diría entonces Andrés para, ya sin ningún temor, besar de nuevo, o de forma nueva, tus labios.

Clavaste tus uñas en la madera del violonchelo. Los aplausos te devolvieron a la realidad. Ya no te importaba lo más mínimo la butaca vacía.

Acababas de darte cuenta, precisamente gracias a aquella falsa visión, de lo importante que eran los momentos de tu vida, durasen lo que durasen. Y aquel era uno de los momentos de tu vida más fascinantes.

Olvidaste enseguida la partitura enrollada de Andrés para sumergirte en el pentagrama de Mahler. Y fue entonces, mientras tu mirada se sumergía en una nueva luz, cuando supiste que estabas empezando a abrir la puerta del castillo, a abrirla tal y como había hecho el pálido guardián de tu cuento.

Una vez abierta del todo, avanzaste por sus corredores, sus estancias, sus salones. Y subiste, ascendiste buscando los guiños de la estrella fugaz...

Sentiste un escalofrío, pero no era de miedo. Al contrario: acababas de hacer un descubrimiento; acababas de averiguar, de sentir en lo más profundo de tu soledad que tu soledad podía difuminarse en tu fortaleza.

La fortaleza, el castillo que acababas de construir con ayuda de tu familia, de tus compañeros, de tus amigos.

Y aquella fuerza, la misma que te permitía prescindir de Andrés sin sentir el desgarro del dolor, te revelaba un secreto, hasta entonces celosamente guardado: el guardián del castillo de arena no estaba allí para proteger la fortaleza, no. Estaba allí para ser él mismo el camino que conducía a las estrellas.

El camino hacia el Paraíso es ya el Paraíso.

*Tú eras como él en ese preciso instante.
Mientras sonreías, tuviste entonces la certeza
de que en ese camino, durase lo que durase, tú
serías, por primera vez, tú misma; que no importaba el dolor, ni la desesperación, ni siquiera
la muerte; y que, justamente por eso, nunca
más volverías a sentirte sola.*

ÍNDICE